八卦師

昭和十九年に焼失する前の台湾神社（昭和十五年二月撮影）

米澤健次

目次

八卦師

出版にあたって

そもそも、八卦師すなわち占い師にはふたつのタイプがあると言われている。ひとつは、手相、骨相などを統計的に分析し、その他客観的な要素を加味して結論を導き出すものと、もうひとつは、水晶玉を覗き込んで透視を行なったり、あたかも閻魔大王のところに行って、台帳を盗み見てくるような摩訶不思議なタイプである。

世間でもよくいわれることであるが、人事部門で永年採用を担当してきた者の多くは、わずかな面接時間で、応募者のおおよそのことが判るといわれている。それは永年の経験の積み重ねにより、ある種の勘のようなものが培われるからである。

「四十歳になったら自分の顔に責任をもて」というのは人々に対する警句であるが、すぐれた人相見は相手が四十にならなくても、その人となりを見透せるものなのである。

著者がはじめて占い師に出会ったのは、十九歳のときである。家庭教師のアルバイト先から自宅に戻る途中、渋谷に立ち寄り薄暗い路上で看てもらったことがある。このとき占い師が指摘したことは、生涯にわたり忘れることは無かった。

その内容を半世紀後の今日、振り返ってみると、恐ろしいほど核心を突いていた。あの晩、路上で出会った占い師は、神仏の化身か、それとも生身の人間であったか否か、今となっては確かめるすべは無い。

さて、ある八卦師によれば己の努力研鑽で切り開いていくことのできる運命に対して、励まし適切なアドバイスを与えることこそ八卦師本来の使命であり、もはや避けることのできない宿命的な運命に対しては、むしろ従容として受け入れるこころの準備を促すことが肝要とのことである。

したがって、霊能者が人の運命や未来をすべて予知できるからといって、それをすべて相手に知らせてしまうことは、決してプラスにはならず、このあたりは癌患者に対する医師の告知に一脈通じるのではなかろうか。「要は相手のおかれている立場やその人なりを鑑み、何を伝え、何を知らせるべきではないかを選別する」ことが八卦師としての使命なのであろう。

本書の提起する歴史のひと齣が、これから日本を担う人々にとって何かの糧となれば幸いである。

米澤　健次

八卦師

第一部　予知能力

　今日も初老の女性が小西のもとを訪ねてきた。小西は八卦師すなわち占い師である。この女性は、息子の縁談相手の写真と釣書をもって相談にやって来たのだ。縮緬の風呂敷から見合い写真と一枚のスナップ写真、そして封筒に入った釣書をとり出すと、紫檀の机に恭しく乗せた。女性は丁重に一礼するとおもむろに口を開いた。「実は先頃、二十六歳になります息子に縁談がありまして、こうして伺った次第です。やや早い気もいたしますが、なかなかのご良縁かと存じますので、ご相談に参りました」小西はまず訪れて来た女性に目を遣った。

　ごく普通のなりをしているが、一目見るなりこれはただの主婦ではないと感じた。本人ばかりではない。この女性のご主人もそれなりの人物であることが窺われた。小西はおもむろに見合い写真を開いた。小西は通常、釣書は見ない。人の運勢を知るには釣書は必要ないからである。見合い写真を見て小西は思わず目を見張った。

　念のため、もう一度じっとスナップ写真に見入った。美しいがやはり凶相である。小西は「このお嬢さんはいけません。凶運をもたらすだけではありません。この方は一度のご縁では納まりません。お美しいだけに、決してご子息さんに会わせてはなりません」と即座に断言した。

普通このような場合、訪れてきた者は「何故、どうして」と尋ねることがほとんどである。それは、相談に来る人の多くは、すでに自分なりの結論をもってきているからである。自分の結論と小西の見立てが一致していれば、安心して帰っていくし、反対に違っていると「何故、どうして」と尋ねるのである。だが、この初老の女性は何も言わずに、風呂敷からもう一枚の見合い写真をとり出した。

女性は「では、この方はいかがでしょうか」とたずねた。小西はまた驚いた。今度の女性はとりわけ美人ではなかったが稀に見る福相である。小西は写真を見るなりこう答えた。「この方です。この方こそ、ご子息さんの伴侶として相応しい方です。ほかのお写真は、すぐに返してお仕舞いなさい。ご子息さんも必ずこの方を気に入られるはずです」

やがて、この女性は出されたお茶を一口呑むと、封筒に入った謝礼を恭しく置き、丁重に礼を言い辞していった。普段、小西は客を玄関まで見送ることはない。しかし小西はなぜか、この女性に常人とは違ったオーラを感じて無意識に玄関まで見送った。

さてこの小西久遠なる人物、今日では八卦師界で知る人ぞ知る占い師であるが、彼の家はもともと八卦師の家系ではなかったし、小西久遠自身もまた占いとは全く無縁の人間であった。

そもそも、占い師には二つのタイプがあると言って良いかもしれない。

一つは、手相、骨相などを統計的に分析し、その他の客観的な要素を加味して結論を導きだすものと、もう一つはあたかも閻魔大王のところに行って、台帳を盗み見てくるような摩訶不思議なタイプの二つがある。八卦師、小西久遠はもちろん後者である。

世間でもよく言われることであるが、人事部門で永年採用を担当してきた者の多くは、僅かな面接時間で、応募者のおおよそのことが分かると言われている。それは永年の経験の積み重ねにより、ある種の勘のようなものが培われるからである。「四十になったら自分の顔に責任をもて」というのは人々に対する警句であるが、すぐれた人相見は相手が四十にならなくても、その人となりを見透せるものなのである。街で不審者を摘発する警察官、海外から日本に禁制品を持ち込まんとする不逞の輩を水際で摘発する税関吏などは、ある限定された領域においてこれに当てはまるといえよう。

小西が自分の特異な能力を明確に意識し始めたのは戦時中のことであるが、それ以前にも若干兆候が現れていた。ただ小西自身それに気がついていないだけであった。

開戦前の昭和十五年初夏のことである、小西久遠は台湾の基隆港に停泊中の駆逐艦黒潮に兵曹として乗艦していた。

黒潮の右後方には第二水雷戦隊第十六駆逐隊の僚艦、雪風と初風が、右舷の対岸には、同じ第二水雷戦隊所属の第八駆逐隊の駆逐艦、満潮、大潮、朝潮が係留されていた。基隆は雨が多い。この日も、湾内は霧雨に煙り、後方の雪風と初風は薄靄のなかにその姿を横たえていた。黒潮、雪風、初風ともに陽炎型駆逐艦で、竣工したばかりである。黒潮は陽炎型の三番艦、雪風は八番艦、初風は七番艦である。右舷対岸の満潮、大潮、朝潮に比べて一世代新しい。

小西兵曹はすぐ後方に停泊している雪風を眺めながら、自分の乗艦している黒潮もあのようにスマートで精悍な姿をしていると思うと何となく誇らしかった。

小西兵曹は二十五ミリ機銃員である。竣工当初、陽炎型には四門の二十五ミリ対空機銃が装備されていた。小西兵曹の持場は後部煙突のすぐ右下だった。

また雨が強く降ってきた。小西兵曹は銃座の横でどんよりとした空を見上げた。基隆の天候は刻々と変化する。台北が晴れていても基隆は大雨ということも珍しくない。視界が悪くなってきた。右舷対岸の満潮、大潮、朝潮は驟雨にけむり、ほぼ姿を隠してしまった。後方の雪風は、全容は見えるものの模糊とした靄に包まれていた。

その時である。小西は思わず自分の目を疑った。雪風の前檣に「青天白日旗」が翩翻と翻っているのを見たからである。「青天白日旗」は言うまでもなく中華民国の国旗である。帝国海軍駆逐艦の雪風に「青天白日旗」が掲げられる・・・絶対にそのようなことはあり得ない。

もちろん、目の錯覚か幻覚に違いないと小西は思った。

だが、小西は間違いなく「青天白日旗」を見た、いや見えたような気がした。機銃員は眼が良くなくては勤まらない。小西も自分の眼には自信があった。靄に包まれているとはいえ、不思議なことだと思った。

実は、これから僅か十余年後、雪風は賠償として中華民国に引き渡され、この同じ場所に、中華民国海軍の旗艦「丹陽」として「青天白日旗」を掲げて停泊することになるのである。

小西は、未来を垣間見たのであるが、神ならぬ身ゆえに、この時知るよしもなかった。

さて戦争が始まると、小西兵曹が乗艦する駆逐艦黒潮は、フィリピン攻略作戦に続いて、蘭印作戦に参加する。ミッドウエー海戦には攻略部隊護衛として出撃したものの、攻略作戦中止により帰投する。昭和十七年八月にはソロモン海域に進出し、ガダルカナル増援作戦、南太平洋海戦、ルンガ沖夜戦と黒潮は太平洋を縦横に駆け巡った。

昭和十八年二月からはガダルカナル撤収作戦に出動し、陸軍兵士の救出を行った。この撤収作戦は、米機の制圧下、約二十隻の駆逐艦を三回にわたって派遣し、餓死寸前の一万三千余名の陸軍兵士を救出するというもので、艦隊司令部は投入した駆逐艦の半数は喪失ないし損傷すると覚悟していたほど困難な作戦であった。

小西兵曹は、救出され乗艦してきた陸軍兵士の姿をみて思わず息をのんだ。「骸骨が皮を着ている」といった表現がピッタリであった。ここまでやせ細っても人間が生きていられること自体驚異であった。機銃員である小西兵曹は、対空警戒をしながら甲板にへたり込んでいる陸兵の形相をつぶさに観察していた。すでに銃を放棄し、うつろな眼で海を見つめているその姿に、あの精強な帝国陸軍兵士の面影は微塵も感じられなかった。

寝たまま、ものを言わなくなった兵士は二日後に死に、瞬きをしなくなった兵士は翌日に息を引き取った。

救出された陸兵にいきなり食物を与えることは禁物であった。徐々に流動食から与えていかないと、栄養分は吸収されないし、場合によってはショック死してしまうからである。救出された、緊張が緩むと死んでいく兵士も多かった。死者は毛布に包み、五インチ砲弾を括りつけ海に葬った。小西兵曹はいつしか、兵士の形相を見て「この兵士は助かる」「この兵士はもう長くはない」と識別が出来るようになっていった。

昭和十八年の二月四日のことである。二回目の撤収作戦を行っているさなか、黒潮は米軍機の襲撃を受け、後部三番砲塔に小型爆弾が命中した。艦は小破し、機銃員の小西兵曹は爆風を受けて昏倒し、そのまま意識を失った。

どのくらい経ったのであろうか、気がつくと艦内の簡易ベッドに横たわっていた。聞くと黒潮は損傷にもかかわらず、三回目の撤収作戦にも参加し、作戦終了に伴い自力で母港の呉に向かっているとのことであった。

黒潮は呉に帰港すると、すぐさま修理のため入渠した。約二カ月間にわたり、破損個所の修理と対空兵装強化が施された。新たに二十五ミリ三連装機銃が備えられた。

一方負傷した小西兵曹は呉の海軍病院に入院した。傷は意外と重く完治に三カ月を要した。小西の傷が完治し退院したとき、黒潮はすでに修理を完了し、ラバウルに進出していた。黒潮が呉を出撃することを病室で知らされた小西は、杖をつき白衣の儘、呉の港まで戦友を見送った。

小西は、黒潮に新たに備えられた二十五ミリ三連装対空機銃に目を見張った。まるで針鼠のようある。元気で出撃していく戦友達が羨ましかった。

だがこの時、小西兵曹は黒潮に不吉な陰影を感じていた。また出撃していく戦友達をみて、小西はあることに気がついていた。もちろん、絶対に口外出来るようなことではなかったが、それは死相の出ている者が余りにも多かったからである。それは乗員二百四十名の概ね三分の一に達しているように思えた。

小西は「ことによると黒潮は沈没するのでは」と案じた。

実は小西が負傷して意識が戻った後、小西は自分の身に起きたある変化に気がついていた。うまく説明出来ないが、両眼で見ているもの以外に、何か別なものが強く感じられるようになったことである。

小西が呉で戦友を見送った僅か三週間後のことである。小西の案じたとおり黒潮はラバウル進出後の僅か十日後の五月八日、コロンバンガラ島への輸送任務の帰途、タラ湾で機雷に触れた後、米軍機の空爆により沈没してしまった。乗員八十三名が戦死した。

小西が退院を間近にひかえた五月末のことである。小西は、ぼんやりと病室の白い天井を見上げていた。微かにまどろんだかと思うと、眼の前にある光景が映し出された。それは深い霧の中に黒煙が立ち上り、大きな軍艦が二つに折れ艦首を上にして沈んでいく光景であった。

小西は退院を前に「不吉な夢だな」と思った。

昭和十八年六月一日、小西兵曹は身体が回復すると、呉に停泊中の第十六駆逐隊所属の駆逐艦雪風に転属を命ぜられた。だが小西は負傷により視力が落ちてしまったので機関科に回された。

機関科の任務は過酷であり、戦闘開始の遥か前から灼熱地獄との戦いが始まる。艦が沈没すれば、脱出はまず困難である。今まで以上の覚悟をもって臨まなければならない。

配属されて一週間後の正午過ぎ、雪風の艦内で機関科員としての実地訓練を受けている時のことであった。ズシーンという腹に響く鈍い爆発音が雪風の艦体を震わせた。機関科の将校は「戦艦の実弾射撃かもしれないな」と呟いた。

この時、柱島に停泊中の戦艦陸奥は後部弾薬庫の爆発により艦尾が折れ、僅か二分間で沈没していたのである。犠牲者は千名以上に及んだ。

当初、敵潜水艦の攻撃によるものかと疑われたが、生存者の目撃証言によると、雷跡や魚雷命中の水柱を認めたものが誰もいないこと、また多くのものが三、四番砲塔付近から異様な褐色の煙が噴出したのを目撃していたことから、何らかの原因で後部火薬庫が爆発したものと推定された。

当然のことながら破壊工作も視野に入れた原因の究明が開始された。海軍にとって戦艦陸奥の爆沈は極めて衝撃的な事件であった。高度の軍機として箝口令が敷かれた。爆沈の事実は厳重に秘匿されたものの、夥しい死体と浮遊物があたりを漂い、その噂は民間人のあいだに密やかに野火のように伝播していった。

六月十六日、雪風がトラック島に向けて出撃するころには、乗員のなかに陸奥の爆沈を知っているものがいた。この事実を同じ機関科の古参下士官からこっそりと知らされて、小西は思わず身を竦ませた。それは自分があの病室で垣間見たことを、もし一言でも口にしていたら憲兵隊に疑われることは必至だからである。

事実、査問委員会は火薬庫の三式弾の誘爆以外に何者かによる放火について強い疑念を抱いていた。そもそも軍艦搭載の火薬類の管理は徹底しており、日露戦争時代とは異なり自然発火は極めて考えにくいことであった。

またこの頃、陸奥の艦内では金品盗難事件が頻発し、ある下士官に憲兵隊の嫌疑が掛けられていたこともあり、査問委員会は自然発火を否定し、放火の疑い濃厚と判定していた。

さて艦が沈むことは、小西達のような機関科員にとってすなわち死を意味した。あの戦艦陸奥のような大艦ですらあえなく爆沈するのである。装甲の無きに等しい駆逐艦などは急所に命中すれば、中型爆弾一発で轟沈するはずである。機銃員と違い機関科員は艦が沈んだら、脱出はまず困難なのである。

ところで、小西が負傷前に乗艦していた黒潮と転属した雪風は竣工した造船所こそ異なるが、同じ陽炎型駆逐艦である。黒潮は藤永田造船所で雪風は佐世保工廠である。竣工日も僅か一週間の差であるから隅から隅まで全く同じ構造なのであるが、いざ実際に配属され乗艦してみると、何故か黒潮と「似て非なる」ものを感じた。機関科員にも死相の出ている者は誰一人いないことにも気がついた。小西は自分の予知が的中することをひたすら願った。

事実、雪風は小西の予知した通り、幾度の激戦をくぐり抜け、稀に見る強運の艦と讃えられるのであるが、それはもう少し後のことである。雪風の行動については、豊田　譲著の『雪風ハ沈マズ』光人社、『世界奇跡の駆逐艦雪風』駆逐艦雪風手記編集委員会編など幾つかの書物に詳細が記されているが、それほど雪風の奮戦は華々しいものであった。

昭和十九年四月七日のことである。雪風は二カ月ぶりに母港の呉に戻ってきた。次の出撃は二週間後である。兵士達は久しぶりに内地の土を踏んだ。すでに内地は物資が欠乏していたが、それでも畳の上で手足を存分に伸ばし、鋭気を養うことが出来た。戦局はますます緊迫の度を加えており、今度出撃すれば生きて帰れる保証はない。昭和十九年になるとアメリカの潜水艦の跳梁は激しさを増し、潜水艦を駆逐する筈の駆逐艦が逆に餌食になることもしばしばであった。魚雷を一発くらえば、駆逐艦はまず間違いなく撃沈する。

くわえて、米機による攻撃も一段と激しさを増していった。質、量ともに圧倒的に優勢な米軍はいよいよ日本の喉元を締めつけてきたのである。今度の雪風の任務は、戦艦大和、重巡洋艦摩耶をマニラ経由でリンガ泊地まで護衛することであった。バシー海峡とルソン海峡はアメリカの潜水艦が跳梁する魔の海峡と恐れられていた。この当時、南方に向かう輸送船の多くがこの海峡で撃沈されていた。

さて、兵曹長に昇進した小西が呉に上陸すると、街は出撃を前にした大和や摩耶の乗組員で溢れていた。この二艦の乗組員だけで優に三千名を超える。

だが小西は街で出合う兵士達をつぶさに観察すると、見た目には潮焼けし精悍なそうな顔つきにもかかわらず、ことごとく生気は薄れ死相が現れていた。小西の眼から見ると、彼らはすでに生気の抜けた死人に思えた。六か月前、空母龍鳳をシンガポール方面に護衛した時ですら、このようなことは無かったはずである。小西は「ことによると早晩、大和、麻耶の両艦とも沈むのでは」と思った。

だが戦艦大和は名実共に不沈艦のはずである。こうして雪風から望見する大和の艦影は辺りの島々を圧するほどの威容である。また、修理改装を完了した重巡洋艦麻耶もピンと張り詰めたような美しい艦容に一分の隙も見当たらなかった。

麻耶は十八年十一月五日、ラバウルで損傷したのち、修理と対空兵装強化のため主砲の三番砲塔を撤去し、そこに二基の五インチ連装高角砲と対空機銃を設置していた。「この両艦とも沈むなんてあり得ない」と小西自身も半信半疑であったが、いずれ自分の予知が正しかったかどうか明らかになる日が来ると思った。

果たして、重巡洋艦摩耶はこの六カ月後のレイテ沖海戦に出撃、途中のパラワン島沖で潜水艦に雷撃され轟沈してしまった。被雷から沈没まで僅か四分間であった。四百七十名が戦没した。また戦艦大和については、一年後の二十年四月七日、天一号作戦で沖縄突入作戦中、米機の数次に及ぶ雷爆撃により、九州坊ノ先沖で雪風の眼前で爆沈してしまったのである。大和では二千五百名が艦と運命を共にしたとされている。

十九年四月二十一日、雪風は戦艦大和、重巡洋艦摩耶と共にリンガ泊地に向けて出航した。途中マニラにも寄港することになっていた。

このとき雪風には、フィリピンに向かう一名の便乗者がいた。三十を少し越えたと思われる中尉であった。彼はネグロス島のバコロド航空基地に向かう補充士官であった。いずれアメリカはフィリピンに上陸してくることは目に見えている。この時期にフィリピンに赴任することは、それなりの覚悟をしなければならないとされていた。

小西は寺内正道艦長より直々に便乗者の身の回りの面倒を見るよう命ぜられた。中尉は岡田章雄といい、意外にも海軍兵学校卒であった。兵学校卒ならば、おそらく同期の何人かは、すでに少佐になっているであろう。兵学校卒でここまで昇進が遅れたのは、長期にわたり病気療養を余儀なくされたか、あるいは不祥事を起こしたか、それとも思想的になにか問題があるかのいずれかである。いずれにせよワケありであることは間違いない。

実は、当の雪風の寺内艦長もどちらかと言えばワケあり艦長で出世が著しく遅かった。通常、大尉から少佐に四年で昇進するが、寺内は九年も要した。海兵五十五期の寺内が中佐になったのは昭和十九年一月のことであった。だが人心の掌握と操艦の上手さは抜群であった。岡田が大和や摩耶という大艦に便乗しないで、わざわざ雪風に乗ってきたのは、寺内艦長と岡田中尉がもともとは同じ水雷屋で、海兵の先輩と後輩以上の関係があるのではないかと推察した。

小西の推察したとおり便乗してきた中尉はやはりワケありであった。だが小西は日々この岡田と接するうちに、次第にこの男に好感を持つようになった。それは著しく出世が遅れたからであろうか、いわゆる兵学校卒のように突っ張ったところがなく、どこか遠くを眺めているようで、なぜか禅僧と向き合っているかのような感を抱いたからである。

岡田は海軍兵学校六十四期で、もとはといえば駆逐艦乗りであった。いわゆる水雷屋である。海軍の航空戦力強化にともない、昭和十二年霞ヶ浦に転じて、将来の航空隊幹部指揮官としての教育を受けた。学科はそこそこの成績であったが、実技は適性不良と判定され実戦機を単独操縦する前に振るい落とされた。海軍士官として順調に出世コースを歩み始めた岡田章雄にとって、これは大きな挫折となった。

このためであろうか普通少尉から中尉への昇進は平均一年半、遅くとも三年であるが、岡田の場合は病に倒れたことも重なり、実に五年を要した。今日の一般社会にもあてはまる事であるが、いったん、昇進が滞りだすとそのこと自身が、また昇進を遅らせていく要因となるものである。これで軍人としての先がみえたのも同然である。平時ならば少佐になることもなく退役を迎えることはほぼ確実であろう。これだけ出世が遅れてくると、自分より若い上官に仕えるケースも出てくるのは当然のことである。

そもそも組織というものはそのようなことまで配慮してくれることはない。

岡田にとって、自分より若い上官に仕えるのはともかく、若手将校や古参の下士官たちがそれなりの目で自分を見るのが何よりも堪えられなかった。もし岡田が年期の入ったタタキアゲの古参士官ならば、部下を嗜虐的に苛めてウップンを晴らすこともできたかもしれないが、こうしたあからさまなガス抜きをすることは、彼のプライドと理性が許さなかった。「腐っても鯛」自分は兵学校卒のいわゆる本チャンなのである。こうして岡田が悶々とした日々を送っているさなか、戦況の悪化とともに海兵同期のもので太平洋の各地で戦死していくものも少なくなかった。

岡田の勤務する館山基地は、時折空襲警報は発令されるものの、まだ戦場とはほど遠く身の危険を感ずることは全くなかった。岡田自身にしても、華々しく戦っているエリート同期生を羨望の眼差しで見る一方、恥を忍びつつもダメ将校としてヌクヌクと後方基地、しかも安全な地上勤務でいられるありがたさを密かに感じ始めていたことも確かである。

自分はいったいどちらを望んでいるのか自問自答することもあった。しかし、いつもそれは堂々巡りに終わった。その最大の理由は戦局がこのまま推移していくと、いったいどうなるか皆目見当がつかなかったからである。

戦局が好転する見通しもないまま長引くにつれて、館山基地に配属されてくる飛行士の技量の低下は眼を覆うほどであった。岡田は、若い飛行士を目の当たりにして、あの当時の自分の技量とさして変わらないのではないかと思うこともあった。一昔前ならば、彼らの技量では不合格であろう。だが彼らは「彗星艦爆」や「天山艦攻」などの新鋭機をあてがわれていった。いざ戦闘となったならば、彼らの運命はおそらく火を見るより明らかであろう。羨ましくもあり哀れでもあった。

若い彼らを見て、岡田は自分もどうせこの戦争で何時か死ななければならないものならば、彼らのように華々しく戦って死にたいと思うこともあった。

やがて紆余曲折をへて岡田章雄はある結論に達した。もちろん絶対に口外できることではないが、それはダメ将校として恥を忍ぶのは、何としてもこの戦争を生き抜くためという結論であった。

この戦争がどの様なかたちで終結するのか今の自分には全く見当がつかないが、戦争が終ったら退役し、今日に至った反省を踏まえて、もう一度人生をやり直してみようというものであった。

誇りと希望に満ちて兵学校の門を潜ったあの輝かしい日々を忘れてはならないと思った。

だが不思議なことに、この世の中はまさに儘ならぬものである。

この戦争を何とかして生き抜こうと確固たる意思を持った途端、岡田は前線へ転属を命ぜられた。昭和十九年の四月のことである。

転属先はフィリピンのバコロド航空基地である。米軍はいよいよフィリピン奪還に向けてヒタヒタと迫りつつあった。かつてフィリピンを追われたマッカーサーは面子にかけても必ずフィリピンに上陸してくるはずである。

いずれ戦場となることは間違いない。生きて帰ることはまず望み薄であろう。極めて危険なところに赴任するにもかかわらず、岡田中尉になぜか死相が現れていないことを小西は怪訝に思った。

さて一方、小西は改めて自分自身が乗艦する雪風の乗組員を見ると、やはり死相の出ている者は極端に少なかった。

また昭和十八年十二月に着任してきた寺内正道艦長も、

「ワシがこの雪風の艦長をしている限り本艦は絶対に沈まんのじゃ」と豪語していた。こう

した幾多の経緯により、小西もまた、

「雪風は沈まず」と信じ、日夜精勤することに努めた。

事実、小西の信じた通り駆逐艦雪風はマリアナ沖海戦、レイテ沖海戦、そして戦艦大和と共に出撃した沖縄特攻作戦とまさに針の穴を何回もくぐり抜けるという表現がピッタリの僥倖に恵まれ、激戦を戦い抜いた。

陽炎型および改良タイプの夕雲型駆逐艦の合計三十八隻のうち唯一の生き残りとなった。こうして、雪風は無傷のまま奇跡的に丹後半島伊根魚港で運命の八月十五日を迎えた。昭和二十年十一月には日本海軍の解体にともない、小西も退艦して東京の実家に戻った。東京は一面の焼け野原になっていたが、幸い本郷の自宅付近一帯は焼け残っていた。

久しぶりの上野界隈は復員した兵士でごった返していた。みな一様に、ボロを着、飢餓の様相を呈していたが、小西は彼らの表情のなかに、未来への希望と活力を感じた。かつて呉の港で大和や摩耶の乗組員にみられたものとは全く違う何かを彼らの表情のなかに見いだした。

「きっと日本は力を回復するに違いない」

と小西は思った。

実家に戻った小西はしばらくブラブラしていたが、十二月はじめのことである。第二復員省から一通の通知を受け取った。第二復員省とは海軍省の後身である。

通知の内容は雪風の元乗組員に宛てられたもので「充員召集ヲ命セラル」というものであった。アジアや、南方各地にいる日本兵を早期に帰還させるべく、残存している艦艇を総動員するため、その要員を再召集するというものであった。復員に動員される残存艦艇は兵装を撤去し、復員兵を乗せるための改造を施された後、各地に赴いた。

小西は再び「特別輸送艦雪風」に乗りこむと、幾度も遠くポートモレスビー、ラバウル、サンジャックにまで赴き、復員業務に従事した。乗艦してきた復員兵は、皆よれよれの姿であったが、目は輝き希望に燃えていた。小西は彼らこそ新生日本の担い手になるに違いないと思った。

だが一方、日本帰還を目前にして命が尽きる復員兵もあり、彼らの無念を思うと胸に迫り来るものがあった。

昭和二十一年十二月十八日「特別輸送艦雪風」は十カ月に及ぶ任務は終了した。この間、雪風は三万八千海里を航行し、総勢一万三千名を輸送した。

さて、復員業務が終了すると、残存艦艇はアメリカ、イギリス、中国、ソ連の四カ国により賠償として均等分配されることになった。分配の対象となったのは、駆逐艦以下の艦艇百三十五隻で昭和二十二年五月末、横須賀と佐世保に集結させられ、六月二十八日には、連合軍総司令部にて抽選が行われた。抽選の結果、雪風は中国に分配されることになった。小西には最後の任務が残されていた。それは、雪風を上海に回航することであった。

昭和二十二年七月一日いよいよ、中華民国への引渡しのための第一陣、駆逐艦雪風、初梅、楓、海防艦四阪、十四号、六十七号、一九四号、二一五号の合計八隻は、随伴艦若鷹とともに佐世保を離れ、一路上海に向かった。

回航にあたったのは、二百名の元海軍将兵であった。九隻の艦隊は五十二時間を要し、揚子江河口に到着した。七月三日、艦隊は上海の呉淞に投錨した。ここで中国側将兵百余名が接収艦に同乗、黄浦江を単縦陣で遡った。

雪風の機関室にも中国側将兵が乗り組んできた。小西は、初めて間近に見る中国兵を仔細に観察した。彼らは比較的良く訓練され、機械操作の習熟も早かった。

昭和二十二年七月六日午前、高昌廟碼頭で接収式典が挙行された。式典は簡単であったが厳かに執り行われた。まず先頭に投錨した雪風の前檣に掲げられた日の丸が降ろされ、その後青天白日旗が掲げられた。江風をうけて前檣に翩翻と翻る「青天白日旗」をみて、小西は六年前、霧雨に煙る基隆で見た幻覚を思い出した。「あれは幻覚でも錯覚でもなかった。あの時、今日の式典を垣間見ていた」ことを知った。

実は国民政府が大陸を失陥し、雪風は中華民国海軍の旗艦「丹陽」として、まさにあの基隆港に青天白日旗を掲げて停泊することになるのであるが、さすがの小西もそこまでは予知出来なかったようである。ちなみに「丹陽」とは字のごとく紅い太陽の意味であるが、上海と南京との間にある地名と見るべきであろう。

さて、雪風を中国側に引き渡すにあたり、小西達は帝国海軍の誇りにかけて、艦をピカピカに磨き上げ完璧な整備を行った。

接収式典には小西達機関科員も、消沈した面持ちで参列したが、その時小西は、この国に暗雲が覆いつつあることに気づいていた。さらに小西は心を研ぎ澄まし、居並ぶ中国側将兵の表情、揚子江の河面の向こうに広がる大地を見遣ると、次々に押し寄せるどす黒い不吉な影を感じた。

「いずれ、この大地に何か異変が起こる」

と小西は予感した。

式典の後、中国側の好意により二百名の回航員に食事が振る舞われ、帰国に際しても菓子と煙草が餞別として支給された。旧敵国将兵に対しても、それなりの儀礼をもって接する国民政府のやり方に小西は深い感銘をうけた。

こうして雪風をはじめ、駆逐艦三隻、海防艦五隻の接収艦を無事上海に送り届けると、小西の戦争は終わった。回航にあたった二百名の将兵は万感の思いを胸に、随伴してきた元敷設艦若鷹に乗り上海を後にした。

任務を終え日本に向う若鷹の艦内で、小西はふと昭和十九年四月に雪風に便乗しフィリピンに赴いた岡田中尉に思いを馳せた。あの中尉はその後どのようになったのであろうか。

小西が予見した通り、岡田中尉はあの激戦のフィリピンから奇跡的に生還していたのである。岡田が着任したバコロド航空基地はすでに最前線であり、毎日のように空爆を受け死傷者が続出していた。ここで岡田はひょっとした経緯で再度操縦桿を握ることとなった。

それは、バコロド航空基地で地上任務についていた時のことである。その任務とは基地の兵站を管理する役割で、昇進の遅れたダメ将校にとって相応しい任務であった。

ある日のこと、基地司令官の富永少佐が岡田を司令所に呼んだ。富永は、

「岡田中尉、記録によればキサマは以前、飛行機の操縦訓練を受けたことになっているが今でも出来るのか」

と訊ねた。

富永少佐は岡田より一期後輩である。後輩に「キサマ」と言われ岡田は一瞬「ムッ」となったが相手は上官である。こうなってしまったのも、そもそもは己の責任なのである。

すぐさま冷静さを取り戻した岡田は直立不動の姿勢を崩さず、富永に敬礼した。かつて岡田は九七式艦攻を操縦したことがあった。もちろん、後部に教官を乗せての飛行である。自分としてはまずまずの出来栄えと思ったが、教官はしきりに「機体が滑る」と指摘した。

岡田は搭乗機の癖によるものと思っていたが、その教官はそのように見ていなかった。「機体が滑る」のは、搭乗員としてセンスに欠如すると教官は判断していた。機体が滑ると照準に支障を来たすばかりではない。編隊行動する場合これは致命的となる。

今にして思うと、あのとき教官に対する反抗的な態度が今日の自分を招来したことは間違いない。この結果上官の制裁を受け、それがもとで病に罹患し長期療養を余儀なくされてしまったのである。

人生わずかなボタンの掛違いから、運命が狂っていくとは、まさにこのことであると痛感した。ここで再び自暴自棄になったならばさらに運命は狂っていくに違いあるまい。いまこそ隠忍自重して次なる運命の展開を待たなければならないと岡田は思った。岡田は、

「ハイ、九七式艦攻で後ろに教官を乗せて何回か飛行致しました。九七式艦攻でしたら、いまでも飛行は可能です」

と直立不動の姿勢を崩さず答えた。

すると富永は、

「そうか、それなら後ろにベテランを乗せるから、貴様チョット乗って見ろ」

と岡田に命じた。

さて、こうして富永司令に命ぜられるまま再び操縦桿を握った岡田の操縦ぶりはどのようなものであったのであろうか。

自動車の運転というものは練習直後に上達するものではなく、睡眠中に上手くなるものであるとよく言われるが、こうして久しぶりに九七式艦攻の操縦桿を握ると、なぜか今度は機体が全く滑らなかった。昔、教官が岡田を後部座席に乗せて、模範飛行してみせたとおりの飛行ができている。

あまりにもスムーズな飛行に岡田は我ながら不思議に思った。後部座席にいるベテラン搭乗員、といっても岡田よりやや年上の上飛曹もやや興奮気味に、

「中尉殿、お見事な腕前です」

と絶賛した。

地上に降りた岡田が指揮所に行くと富永少佐はことのほか上機嫌であった。富永は、

「いずれ、貴様の操縦が役に立つときが来るからな。それまで腕を磨いておけ。ただ飛行機は壊すなよ」

と念を押された。

学校や一般社会においても散見されることであるが、所定の時期までに所定のハードルをクリアしないものは、そこで振るい落とされていく。あとでどんなにリカバリーしても、決して元には戻れないという冷酷な現実がある。そのようなことは百も承知であるが、今まで自分のことをダメ将校と蔑んでいたベテランの下士官に操縦を絶賛されて久しぶりに岡田はこれまでに無い充実した気分を味わった。だがこの結果、いよいよ危険な戦場に近づいていくことは確かである。いったんは、ダメ将校として恥を忍びつつこの戦争を生き抜く決意をした岡田にとって、新たな葛藤が始まった。

昭和十九年六月十九日、我が海軍はマリアナ沖海戦で大鳳、翔鶴、飛鷹の空母三隻を失うとともに、喪失を免れた空母も搭載機の大部分を失っていた。岡田がバコロド航空基地に転属になった三カ月後の七月十六日、サイパン島が陥落した。

次にアメリカ軍はどこにくるかが兵士たちの間で取り沙汰されていた。アメリカ軍は、まずフィリピン奪還に向かうであろう。そのあと台湾か沖縄に向うものと思われた。果たして、アメリカはまずフィリピンに矛先を向けてきた。上陸に先立ち十月十日には、一千機以上の艦載機が沖縄に来襲した。引き続き十三日には一千四百機により台湾各地を空襲した。フィリピン上陸にあたり後方基地を叩くためであった。

敵機動部隊は、台湾の東方、南方海上に四つの空母群を中心に展開していることが確認された。すぐさま九州、沖縄、台湾、フィリピンの陸、海軍機総勢四百機が攻撃に向った。

ここに台湾沖航空戦が始まった。久しぶりの大戦果に沸き立ったが全て誤認ないし、虚偽の戦果報告であった。攻撃に向った搭乗員の大半が未帰還となった。だが岡田は正規の搭乗員ではなかったので、攻撃に参加することなく命を永らえることが出来た。

十月二十日アメリカはレイテ島に上陸を開始した。レイテ島では血みどろの激戦が続き、夥しい死者が出ていると伝えられていた。岡田のいるネグロス島は、アメリカ軍はさして戦略的に重視していなかったのか、当面は空爆のみで上陸してきたのは翌年の昭和二十年の三月末であった。

まず米軍は上陸に先立ち、ギュマラス海峡の奥深くに進入してきた駆逐艦が雨あられと五インチ砲弾と四十ミリ機銃弾を打ち込んできた。艦砲射撃に引き続き、いよいよ米軍が上陸してきた。戦闘機と爆撃機の連携による空からの援護のもと、すぐさま海岸線一帯に橋頭堡を築くと、戦車や重砲の揚陸が始まった。米軍の一連の行動はまことに手際よく、明日はいよいよ島内に向けて進撃して来るものと思われた。

昇進を棒に振った代償としてこの戦争を何としても生き抜く決意をした岡田であるが、いよいよ絶望的となってしまった。岡田は、もはやこれまでと覚悟を決めた。希望をもって海軍兵学校に合格したものの、著しく昇進におくれ、華々しい戦闘に参加することもなく、最も危険視されているフィリピン戦線に送り込まれ、その孤島で果てなければならない自分の運命を呪った。

いったんはこの戦争を何としても生き延びる決意をした岡田にとってさらなる苦悶として心にのしかかってきた。

だがここで岡田の運命は劇的な展開を始めることとなる。米軍がネグロス島に上陸してきた昭和二十年三月末頃になるとフィリピンにおける日本軍は破滅的様相を呈し、マニラ本部との交信も途絶え、すでに指揮系統は支離滅裂になっていった。

アメリカ軍がネグロス島に上陸してきたその夕刻のことである。富永司令は密かに岡田を呼び出し、

「これから、戦況報告のため井上参謀と台南に向かう。掩体壕に九七式艦攻を用意しているから、台南まで操縦せよ」

と告げた。

岡田はこれを聴いて全てを了解した。すでに正規の搭乗員は本土防衛のため内地に呼び戻されており、こうした事態に対応するため、富永は岡田を密かに温存していたのである。いわゆる、員数外の闇パイロットである。

本部との連絡が途絶え、指揮系統が支離滅裂となったのを幸い、フィリピンを脱出しようと

しているのである。

　岡田の眼から見ても、この富永司令官の行動は明らかに敵前逃亡であると思われた。だが岡田自身にとって、これは地獄から這い上がる千載一遇のチャンスであることは確かである。将来、何か問題になっても下級将校の岡田は富永司令の命令に従ったに過ぎない。

　この際、何も訊かずに黙って命令に従うのが賢明と思われた。一年ほど前、海軍乙事件という大不祥事がうやむやに処理されたことが脳裏に浮かんだ。

　岡田は富永の命令を復唱すると、すぐさま流れ弾が飛び交うなか、滑走路の片隅に巧みにカモフラージュされた掩体壕に走った。富永司令、井上参謀も岡田のあとに続いた。岡田が後ろを振り返ると、二人は小脇に小さなカバンを大事そうに抱えていた。掩体壕では二名の整備員がちょうどエンジンを始動しているところであった。岡田が横目でチラリと見遣ると、彼らの何ともいえない恨めしそうな表情が見てとれた。

　三人が機に乗り込んでからエンジンの温まるまでがもどかしかった。しかしここで焦ったら全てが水泡に帰することになる。

　富永司令は、

「早く出せ」

とは命令しなかった。アメリカの兵隊がヒタヒタと迫ってくるさなか、普通の神経ならば一刻も早く離陸し、この場を脱出したいところであろう。岡田は富永の意外な一面に接し、「こんなオンボロ基地とはいえ、司令官ともなる人間は、やはりどこか胆が据わっている。さすがこの辺りが自分とは違うところかもしれない」

とやや自嘲気味に感心した。

やがて、九七式艦攻は軽い爆音を残して北に向った。魚雷も爆弾も搭載していない。バコロド飛行場から台南まで直線距離で千四百キロである。おそらく未明には台湾に到達するであろう。問題は着陸である。ゼロ戦の名パイロットといわれる西澤廣義や坂井三郎のようなベテランですら、着陸時は相当緊張し、神経を集中させると常々聞かされていた。

岡田は闇夜に離陸は出来ても着陸する自信はなかった。台湾南部の天候も気になった。だが岡田の心配をよそにポンコツ寸前の飛行機は順調に飛び続けた。岡田は時折眼を凝らして海上を見つめた。「漆黒の闇夜では、海は薄明るく陸地は黒々と見える」とかねて教官から聞かされていたからである。

バコロドを離陸してから四時間が経過した。機はバシー海峡上空に差しかかっていると思われた。幸い月が出てきた。これなら岡田でも陸地を視認できる筈である。

やがて遥か前方に薩摩芋の蔓の様な陸地が見えてきた。台湾のガランピ岬である。ここで機首をやや左に向けてなおも海岸線に沿って北上すると高雄を経て台南基地に到達するはずである。

　天候は相変わらず良好である。やがて飛行機は高雄上空に到達した。街は灯火管制により真っ暗であったが、椰子の並木道や高雄港をはっきりと視認することができた。港内には空襲により沈没した幾隻もの艦船が横腹をさらしているのが見えた。

　港内を埋め尽くしたまま放置されている沈船を見て、もはや日本が末期的様相を呈していることが窺われた。高雄上空を通過し、なおも海岸線に沿って北上すると程なく台南基地に到着することができた。


　富永司令と参謀のフィリピンからの唐突な飛来は、当然のことながら問題視された。だが富永は残留搭乗員の送致という大義名分と戦況報告を飛来理由に挙げ、自らの正当性を主張した。フィリピンにおける残留搭乗員については、既に連合艦隊司令長官により、台湾および内地への帰還命令が出されていたからである。

　岡田は正規に登録された搭乗員ではないが、実際に艦上攻撃機を操縦して飛来した以上、その技量は有するものと看做された。

　時はすでに、昭和二十年の四月である。フィリピンにおける軍の中枢神経はズタズタとなり指揮系統も乱れていた。また飛来の経緯についても、フィリピン第四航空軍司令部は、二月十二日に崩壊しており現地に確認する術もなかった。

結局、富永司令の行動に対する処分は、保留となりやがてウヤムヤに終わってしまった。

またこの頃になると、各地で命令違反や越権行動が頻発していたばかりではなく、軍中枢ではクーデター計画すら囁かれており、とても一佐官レベルの越権行動にまで係わっている余裕などは無かったのである。

まさに富永司令の思惑通りの展開になったのである。こうして岡田もまた九死に一生を得たのであった。あの時の小西の予知は的中したのであった。

第二部　八卦師　小西久遠

小西が復員業務を終え本郷の実家に戻ると、日本は戦後の混乱から少しずつ落ち着きを取り戻しつつあった。相変わらず物資は乏しかったが、それでも何とか日々の生活を送ることができた。小西は復員業務を通じて、現地で砂糖や布地などを仕入れ、日本に帰港するとその都度、闇ルートでこれを売りさばいていた。

こうして復員業務が終わる頃には、小西はかなりまとまった金を手にしていた。実家は長兄が継いでいたので、小西はまず近所に売りに出ていた小さな二階家を購入した。激しいインフレが進行するなか、これはまことに賢明な選択であった。

やがて小西は日々の糧を得るため、上野界隈で八卦師を始めた。それは今の自分に出来るもっとも相応しい職業のように思えたからである。

昭和三十年代になると、小西は大道での占いをやめ自宅二階で客を応対するようになった。さすがの小西も、良い仕事をするためには落ち着いた環境で客と接する必要を感じたからである。

またこの頃になると、評判が評判を呼び、自宅で客を待受けても、充分生業としてやっていくことが出来るようになっていたこともその理由の一つであった。訪れて来る客層にも変化が現れてきた。大物政治家をはじめ、高級官僚、大会社の経営者、芸能人等々、枚挙に遑がなかった。だが、小西は「訪れるものは拒まず」で決して客を選ぶことはしなかった。客を選別することは、占い師としての使命を放棄することにほかならないし、自分の眼力のさらなる向上にとってプラスにならないと確信していたからである。

昭和三十九年には東京オリンピックが開催され、日本はいよいよ高度経済成長期に差しかかっていた。

この頃、小西は大企業の経営者に二つのタイプを見いだしていた。一つは、コツコツと詳細な調査、分析により次の経営課題を模索していく者と、それなりの調査、分析は行うものの、そこから一歩先は動物的な嗅覚というか、ある種の商感により経営判断を下していくタイプの二通りがあることに気がついた。

これはある意味では、自分達のような占い師と同じような世界ではないかと思った。過去の事例が参考にならないような、不透明な経営環境においては、ある種の動物的嗅覚により経営判断を下していくタイプの方が経営者として相応しいように思えた。

これらの経験を通して小西は「企業の経営環境は時として激変する。トップを選出するにあたり、単に過去の貢献に対する報奨ではなく、むしろ経営者としての閃き、言い換えれば、将来の経営環境を見透す洞察力、そしてこの環境変化に適切に対応できる実行力の有無こそトップ選択のポイントではないか」と思った。

さて、「占い」は客の運勢とか性格、健康状態を見透し、相手に適切なアドバイスを与え、進むべき道を示唆すれば、一応こと足る筈である。例えば、やってきた人の顔色から健康状態を瞬時に察知し、高血圧に留意しなさいとか、短気な人には「感情に走らず万事冷静に対処するようにすれば、貴方はさらに道は開けますよ」とアドバイスすれば、その人は必ず思い当たるフシがある筈である。教条的に言うよりも、「こうすれば貴方はもっと運が開けますよ」と諭すことが占い師の要諦であると思われた。

そもそも死線をくぐり抜けてきた人間の言葉には、それなりの重みがあるものである。それは、その人間が死と真正面から向き合ってきた結果に他ならない。また小西には今日の科学では解明することの出来ない摩訶不思議な予知能力や透視能力が兼ね備わっている。相談に来た人間にコッソリ人生の当たり籤を教えることが出来るならば瞬く間に評判となることは言うまでも無い。

小西久遠が占いを始めてから僅か数年後のことである。ある有名人が娘の縁談で相談にやってきた。彼はまず有力候補二人の写真を見せたところ、小西はいずれも駄目と答えた。そこで仕方なく、本来は見せないつもりだったもう一人の写真を見せたところ、この風采の上がらない男に決めなさいと薦めた。彼は半信半疑ながら小西のアドバイスに従った。

数年後のことである。最有力候補だった男は結核で他界し、もう一人はある疑獄事件に連座し、刑務所行きとなった。そして最も風采の上がらない男はトントン拍子に出世し、やがて毎日新聞のベルリン支局長に就任した。「ひとの口に戸は立てられない」と言われているように、世間の評判ほど伝播が速く、そして怖いものはない。一介の大道八卦師に過ぎなかった小西久遠はやがて、この世界で名を知られるようになっていった。それは小西が、あたかも閻魔大王の台帳を盗み見てきたかのように運勢を透視し、相談にきた人間に対して適切なアドバイス与え、より良い選択をさせることが出来たからに他ならない。

こうして星は移り、時は流れた。小西久遠もまた四十歳の半ばを過ぎた。小西のような戦争体験者は年々少なくなってきた　昭和四十年暮れのことである。いよいよ戦後二十年目の節目を迎へ、小西は改めてあの戦争を振り返っていた。

こうして平和な日々を過ごしていると、あの戦争体験は夢の如く思えた。今日あの戦いの日々を客観的に俯瞰すると、自分があの戦争を生き延びたこと自体、奇跡と言わざるを得ない。

八卦師の自分ですら運命の不思議さに平伏せざるを得ないと思った。

小西は永年にわたる八卦師としての経験から、そもそも運命には二種類のものがあり、己の努力研鑽で切り開いていくことの出来る運命と、もはや絶対に避けることの出来ない宿命的な運命の二種類があるように思われた。

己の努力で切り開いていくことの出来る運命に対して適切なアドバイスを与えることこそ八卦師の使命であり、避けることの出来ない運命に対しては、むしろ従容として受け入れる心の準備を促すことが肝要ではないかと感じていた。

したがって霊能者が人の運命や未来を全て予知できるからといって、それを全て相手に知らせてしまうことは、決してプラスにはならず、このあたりは癌患者に対する医師の告知に一脈通じるのではないかと思われた。「要は相手のおかれている立場やその人となりを鑑み、何を伝え、何を知らせるべきでないか選別する」ことが八卦師としての使命であろうと思われた。

ある日のことである。小西の自宅に一通のA四の厚い封筒が届いた。差出人は「岡田章雄」であった。封を開けると中には一冊の雑誌と封書が添えられていた。

雑誌は海人社発行の『世界の艦船　四八七号』で封書には送り状が添えられていた。送り状には次のようなことが書かれていた。

「拝啓、突然お便りを申し上げたいへん恐縮に存じます。ご記憶にあるかどうか存じませんが、私は昭和十九年四月駆逐艦雪風に便乗し、マニラに赴いた岡田章雄です。その節は小西兵曹長殿に一方ならずお世話になり厚く御礼申し上げます。充分な御礼を申し上げる間もなく退艦し大変失礼致しました。ここに改めて御礼とご挨拶申し上げる次第です。

マニラでお別れしてから、ネグロス島のバコロド航空基地に着任いたしました。昭和二十年三月末に米軍が上陸してまいりましたが、幸い九死に一生を得て今日まで生きながらえることができました。さて、雑誌『世界の艦船』の八月号に駆逐艦雪風の記事が掲載されました。すでにお読みになられたかもしれませんが、念のためここにお送りする次第です。

この記事は戦後雪風が賠償として中華民国に引き渡され『丹陽』として異国の旗を掲げ、その任務を果たした数奇な運命が感動的に綴られています。今までの新聞記事等で掲載された『奇跡の駆逐艦雪風』と一味違う内容ですのでご一読ください」

と結んであった。

また手紙には岡田章雄が上官を乗せ、九七式艦攻を操縦してネグロス島から奇跡的に脱出した詳しい経緯なども付記されていた。手紙の終わりに、いずれ相談したいことがあるので是非お目にかかりたいと結んでいた。

小西は岡田章雄の手紙を読み、彼がネグロス島から生還した経緯を知り、その数奇な経験に驚きを隠せなかった。まさに「事実は小説より奇なり」で、あのとき岡田が極めて危険なところに赴任するにもかかわらず、なぜ死相が現れていなかったか、やっとその謎が解けたのである。

数年前のことである。小西は大仏次郎が書いた敗戦日記を読んだことがあった。そのなかで「陸軍の某将校は輸送機を自由に使用できるのをいいことに、一人一千円の謝礼をもらいコッソリ民間人を台北から内地へ運んでいる。彼は台北で一流芸者を妾とし、さらに宮崎県の新田原にも女を囲う一方、自分の妻は安全な足利に疎開させている。特攻機が飛ぶ一方で、このような腐敗堕落が行われている。皇軍の威信もまったく地に落ちたものである」と記されていた。当時の一千円は、恐らく昭和四十年の百万円以上であろう。

このとき、小西はこれが真実かどうか半信半疑であったが、岡田の手紙を読み、富永のような上官が実際にいたことを知り、あの大仏次郎敗戦日記も決してウソ偽りのものでないことを知った。

統率が隅々に至るまで行き届いた雪風の狭い艦内で戦争を体験してきた小西にとって、二十年後の今頃になって、あの戦争のまったく別な一面を見た様な気がした。

第三部　再会

さて、岡田章雄の手紙を受けとった小西はすぐに返事をしたためた。その内容は岡田のネグロス島からの劇的な脱出に驚きをもって接したこと、あの雑誌記事「世界の艦船　中国に渡った日本軍艦」は初めて眼にするもので、自分自身、雪風を中国側に引き渡す回航員として上海に赴き、あの場に立会ったものとして、とりわけ深い感慨をもって読ませていただいたことを付記した。また相談ごとについては何時でもお越しくださいと申し添えた。

その数日後のことである。岡田から電話があり一人の青年を伴ってやってきた。青年は有吉忠一といい、岡田の長姉の子供であった。簡単な挨拶を交わした後、岡田はすぐに本題に入った。岡田は、

「さて本日こちらにお伺い致しましたのは、この甥がいよいよ大学三年になり、今後の進路について御相談したいと思ってうかがいました。甥は東大の経済学部ですが、もともと理工系に向いていたらしく、大学での成績は芳しくありません。さりとて、今さら転部も出来ませんのでどうしたものかと思いまして」

と切り出した。

小西はまず岡田を見た。あれから二十年以上経っている。頭には白髪が混じっていたが、昔

の面影は残っていた。岡田の手紙によれば、彼は郷里の鎌倉市で家業の土建業を継ぎ、事業を拡大し、いまや大手の建築会社の社長におさまっているとのことで、一見してそれに相応しい風貌、風格を備えていた。

続いて小西はその青年に眼を遣った。見るからに聡明そうな青年であった。男の子のいない岡田にとって自慢の甥であることが窺われた。

だがその時、小西はビックリして思わず「ウッ」と声を上げそうになった。それは青年から迸《ほとばし》り出るような霊気、しかも二つの霊気を小西が感じ取ったからであった。十五年以上も占い師をしている小西にとっても初めての経験であった。小西自身、よく説明できないが「この青年は二つの霊を宿している」ことであった。小西は心理学を研究したことはないが、これは明らかに多重人格とは違う。また一見憑依に似ているが憑依ともいえない。もし双霊という言葉が存在するならば、これに近いものではないかと思われた。

それはごく簡単に説明するならば、この有吉青年の場合、人格の分裂ではなく、あくまでも一つの肉体に二つの霊が宿り、協力関係にあることであった。

多重人格は心理学の領域である。一つの人格が幼少時の虐待などにより分裂することにより生ずると言われている。それぞれの人格と人格の間に脈絡はあるが協力することはない。一方憑依はオカルトの領域である。悪霊や他人の霊が乗り移り生ずる所業である。支配、被支配の関係で一方通行にしてお互いに非協力的であるといわれている。

引き続き小西は、青年の手相と額に注目した。この青年は明らかに理工系の能力に恵まれている。だが運勢的には経済学部に進学したのが正解のように思えた。工学部に進学すれば、成績不振に悩むこともなく、就職を前にこのように慌てることもなかったに違いあるまい。

だがなぜか彼は合理性を度外視し、おそらくは直感で経済学部を選んだのであろう。これはいったい何故であろうか。小西はある仮定に基づき推論を巡らした。「彼は無意識のうちに自分の運勢を察知し、目先の合理性を無視しても本来進むべき進路を選択したのではないか」ということである。何故そのようなことが可能なのか・・・それは「この青年は二つの霊を宿している」ことと関係あるように思われた。おそらく、この青年はある限定された領域において、無意識で潜在的な予知、透視能力を具備していることが窺われた。さすがの小西も、この青年の深層部分は解明できないが、明らかに予見される運勢についてアドバイスを与えることにした。

やがて小西は慎重に言葉を選びながら青年の有吉忠一に語り始めた。

「あなたはお叔父さま同様、極めて優秀な素質をお持ちです。この際、学部についてはあまりこだわることはないでしょう。ただ進路につきましては政治家、役人は絶対に駄目です。銀行、商社も駄目です。マスコミ関係もやめた方が良いでしょう。やはり製造業、それも、鉄鋼とか造船、石油化学というものではなく、コンピューター関連のような産業構造の高い業種が宜しいと思います。きっとご自身の持って生まれた素質が生かされるはずです」

とかなり具体的に進言した。

小西はなおも謎をかけるように続けた。

「ゆくゆくは海外勤務などもあるかもしれませんが、今後ともご自身の判断を信じて努力を重ねられますように」

小西は結んだ。

青年は小西の言うことにきっと思い当たるフシがあったようである。大きくうなずくと、

「有難うございました。大変参考になりました」

と深く一礼した。

岡田もまたこれに合わせるかのように一礼した。

やがて一段落したところで、出されたお茶を一口飲むと、こんどは岡田が口を開いた。

「その節は大変お世話になり真に有難うございました。マニラで慌しく退艦しましたため、充分な御礼を申し上げる間もなく大変失礼をいたしました。ここにあらためて御礼申し上げま

す。幸い九死に一生を得、こうして今日まで生きながらえることが出来ました」

と昔の話題に転じた。

小西も、

「実は私も雪風という類まれな幸運な艦に配属され、奇跡的に生き延びることが出来ました。またお送りいただいた雑誌の記事のように、戦後の昭和二十二年、雪風を賠償として中国に引き渡す最後の役目を仰せつかり、万感の思いであの式典に立会いました。ところで、あの記事は実際に現場に立会ったものでないと記述できないような内容が含まれていますが、いったい誰が執筆したものなのでしょうか」

と岡田に尋ねた。

岡田は、

「あれはもともと中国側で刊行された雑誌記事をもとに日本人が執筆したそうです。雪風が中華民国に引き渡され『丹陽』として異国の旗を掲げ、その任務を果たした数奇な運命が感動的に綴られています。今までの新聞記事などで掲載された『奇跡の駆逐艦雪風』とは一味違うタッチで書かれています。また雪風とともに賠償として中国に渡ったその他の艦艇の系譜なども克明に記されており歴史的資料としても貴重なものです」

と答えた。

こうした幾つかのやり取りの後、岡田はいよいよ次の本題に入った。

「さて本日、せっかく此方におうかがい致しましたので・・・」

と言いながら岡田は小さなかばんから、一枚の古ぼけた写真を取り出して机の上に差し出した。

岡田は、

「この写真はバコロド航空基地の写真です。写真には基地所属の搭乗員たちが写っています。飛行服を着ているのが搭乗員で白いシャツを着ているのが整備員たちです。中央に座っているのがあの富永少佐です。井上参謀は少佐のすぐ後ろに立っています。私は正規の搭乗員ではありませんでしたから白シャツ姿です。前列の一番左にいます。さて私の右隣にいる飛行服の男とその隣に立っている飛行服の男のことでおうかがいしたいのですが・・・」と言いながら、岡田は小西にセピア色に変色した写真を指し示した。

「実はこの二名の搭乗員は富永指令に特攻を命ぜられ、艦爆に乗り飛び立ちました。まだ特攻作戦の始まる前のことです。大西滝治郎中将の発案で特攻が始まったのは、昭和十九年の十月二十五日のことです。上官の不正を嗅ぎ付けた二人がその前に特攻を命じられたのです。しかも搭乗機はゼロ戦ではなくて九九式艦爆です。真珠湾攻撃の花形機も既に時代遅れとなり、艦搭乗員のあいだでは、密かに『九九式棺桶』と揶揄されていました。私はこれを知り、命令を無視し片道燃料ではなく、密かに燃料タンクを満タンにするとともに、二百五十キロ爆弾はそのまま投下できるように固定しませんでした。彼らは余程頭にきていたのでしょうか、離陸すると機銃で富永指令のいる指揮所を銃撃して飛び去っていきました。基地ではこの不祥事を公にすることもできず、ヒタ隠しにされました。二人は戦死扱いになりましたが、二階級特進はありませんでした。そこでこの二人がその後どうなったか、もしお分かりになるならばお教えいただきたいのですが・・・」

と岡田は訊ねた。

よく巷でも言われることであるが、他界した人の写真はなぜか寂しげでそれなりに判別できるとも言われている。小西久遠ならば何か分かるかもしれない。小西はセピア色に変色した写真をじっと見入った。念のため拡大鏡を取出し再度確認した。

やがて小西はおもむろに口を開いた。それは岡田にとって意外なものであった。

「この右隣の方は存命されています。その隣の方は遥か昔に亡くなっています。この存命されている方は姿かたちを変えていますが、間違いなく生きておられます。残念ながら、それ以上のことは今の私には分かりません」

と答えた。

同じ飛行機で特攻に出た一方が生き残り、片方が死んでいる。姿かたちを変えて生き残っているとされたのが池内中尉で、既に死んだとされたのが橋本兵曹である。

二人は特攻を命ぜられたものの、爆弾を投棄し、どこかに逃亡したのかもしれない。その後、橋本兵曹はなにか別な理由で命を落としたのかもしれない。

だが姿かたちを変えて生きているとは、いったい何を意味するのであろうか。そもそも、あの九九式艦爆は何処に飛んでいったのであろうか。

二百五十キロ爆弾を投棄すれば、かなりの距離を飛行できる筈である。岡田のように北に向かえば台湾である。だが台湾は憲兵の監視の目が光っている。所属不明の兵士が容易に隠れ住むことが出来る場所ではない。南に向かえばすぐインドネシアである。また西に向かえば、ギリギリで仏印に到達する。もし隠れ住むならばインドネシアか仏印であろう。

謎は尽きない。あれからもう二十年も経っている。だが、あの時の光景が鮮明に岡田の脳裏に残っていた。

あの池内中尉が姿かたちを変えて生きているとは、いったい何を意味するのであろうか。

「この存命されている方は、姿かたちこそ変えていますが、間違いなく生きておられます。残念ながら、それ以上のことは今の私には分かりません」

と明言した小西久遠の言葉を反芻しながら、鎌倉に戻る横須賀線のグリーン車の中であの出来事に思いを馳せていた。

第四部　あの出来事

昭和十九年十月初旬のことである。岡田がネグロス島バコロド航空基地に赴任してからまだ数ヶ月しか経っていない暑い日のことであった。七月十六日にはサイパン島が陥落し、米軍はレイテ島をめざしひたひたと迫りつつあった。

フィリピン各地は毎日のように激しい空襲にさらされていた。米軍のレイテ島上陸は十月二十日であるからその直前のことである。艦爆搭乗員の池内中尉が相棒の橋本兵曹を伴って岡田のもとを訪ねてきた。池内は「岡田中尉殿、実は奇妙なことがありましてお伺いしました。先日、八重川丸でドラム缶二百本のガソリンがマニラから送られてきたでしょう。あの三割が消えてなくなっているのです。例の決戦用のガソリンです」と岡田に尋ねた。

兵站の責任者は岡田である。先日マニラから、決戦用としてドラム缶二百本のガソリンが機帆船の八重川丸で送られてきた。

橋本兵曹によると、それが二週間のうちに三割が消えてしまったというのである。もし橋本の言うことが事実ならば、訓練用としてはあまりにも減り方が不可解である。実のところ岡田はドラム缶の員数チェックは行っているものの、中身の詳細については、現場の整備員や搭乗員に任せている。もし本当に中身が忽然として消えてしまったならば、その盲点を突かれたわけで自分の手抜きとの謗りを免れない。

岡田は、空襲を避けるため、誰かがどこかに移動したのであろうと思った。空襲の被害を最小限にとどめるため、当座に必要なものを滑走路脇に置き、あとは囮として空のドラム缶をならべ、残りは安全な場所に移したに違いないと思われた。

本来ならば、兵站の責任者である岡田の知らないところで移送が行われるはずはない。だが岡田は赴任したばかりである。つんぼ桟敷におかれることは日常茶飯事であった。岡田は狼狽した顔で
「どこに移動したか調査してみる」

とだけ答えた。

じっと岡田の表情を読み取った池内は、

「あとで伺います」

と言い残してその場を辞した。その夜、池内中尉はコッソリ再び岡田のもとを訪ねてきた。今度は一人である。池内中尉は声をひそめ、ビックリするようなことを語りだした。

「岡田中尉殿が着任されるまで、私が兵站部の管理を兼務していました。実は同じようなことが前にも起きていました。噂では、参謀の井上大尉が富永司令官の命令でガソリンの横流しをしているらしいのです。何処にですかって、それは私にも分かりません」

池内中尉はさらに続けた。

「富永指令と井上参謀は、しばしばマニラの南方軍総司令部に行かれるでしょう。その間に、従兵がコッソリ井上参謀の鞄を覗いたら、ドル紙幣や二十ドル金貨がうなっていたそうです。あの用心深い井上参謀が従兵の目に付くところに鞄を置いて出かけたのは余程慌てていたからでしょう。恐らく腰巾着の井上参謀は富永指令にせかされ出発したので、鞄を隠す時間がなかったのかもしれません」

と池内中尉は数ヶ月前の出来事を語った。とにかく兵站の責任者は岡田である。紛失したのが事実ならば、自分の責任は免れない。これは疑いもなく軍法会議に付せられるような事案である。ことは極めて重大である。

上官がこっそりガソリンを横流し、問題が発覚したら、その責任だけを岡田になすりつけるような気がしてならなかった。その晩、岡田は眠られぬ夜を過ごした。管理責任は自分にある以上、やたらな人間に尋ねることも出来ない。尋ねた途端、紛失した事実は基地中に知れてしまうからである。

あたかも銀行の窓口で現金が紛失した際の、窓口係長の立場のようなものであろうか。だが娑婆と違い、軍隊では軍法会議に付せられ、命にかかわることとなる。本件については報告してきた池内中尉と橋本兵曹以外の人間に知らせるわけにはいかない。明日にでも三人で掩体壕や散在している地下倉庫を探って確認してみようと思った。

幸い、富永指令と井上参謀は戦況報告と作戦命令受領という名目でマニラの南方軍総司令部に赴いており、この数日間不在である。この間に謎を明らかにしようと思った。

だが、思いもよらぬ経緯で謎はすぐに判明することとなる。その翌朝のことである。インシュラー製材所のマニンガス社長とその部下のサンチェスが井上参謀を訪ねてきた。井上参謀は富永指令と共に数日間マニラに出張中である。岡田が不在であると告げると、それでは池内中尉に会いたいという。そこで岡田は池内と橋本の三人でマニンガスとサンチェスに会うことにした。岡田は彼らとは初対面である。

海軍兵学校を優秀な成績で卒業した池内は英語が堪能である。なまじ英語が堪能なためフィリピンに送り込まれるという貧乏籤を引いたのかもしれない。マニンガスは「実は今頃になってこんなことを申し上げるのはまことに恐縮と存じますが、先般お引き取りしたドラム缶六十本のうち、八本の中身がエンジンオイルの廃油でした。きっと何かの間違いかと思いますので、取り替えていただきたいのですが」と缶詰の空き缶に入った黒い液体を見せた。

紛れも無く航空機エンジンの廃油である。彼らは街の有力者であるが、あくまでも低姿勢である。なにしろ、こちらは彼らの生殺与奪を握っている皇軍である。それだけに彼らの言い分は真実であろう。

これを聞き、思わず三人は顔を見合わせた。池内中尉はそ知らぬ顔で次のように答えた。

「分かりました。今すぐ八本をお渡しします」

さらに池内は続けた。

「ところで六十本お渡ししたときの担当は誰でしたか」

と池内はさりげなく尋ねた。するとマニンガスとサンチェスは口をそろえて、

「井上参謀殿です」

と答えた。

これで全てが判明した。ガソリンの横流しの張本人は井上参謀だったのである。おそらく富永指令の意を受けていることは確かであろう。事実は明らかになったが、ここは戦場である。迂闊な行動は三人の命取りになることは間違いない。

マニンガスとサンチェスが帰った後、三人はこれからの対応について善後策を思案した。

やがて、池内中尉は、

「名案があります」

と口を開いた。

「とにかく八本はすぐに彼らに渡しましょう。あとは空のドラム缶に廃油を入れ員数だけは合わせておきましょう。このあいだマニラから来たものとすりかえおけば良いのです。滑走路

脇において置けば、いずれアメ公が爆弾で吹き飛ばしてくれますよ。もし仮に中身が廃油だと分かっても、マニラの本部で抜き取られたことにすれば、問題はありませんよ。なにしろ飛行機の損耗率のほうが高く、作戦に支障が出ることは無いですからね」

と言うではないか。

たしかに最近の補給物資には混ぜ物、まがい物が多いことは知られていた。岡田は池内中尉の頭の回転に舌を巻いた。岡田はとてもかなわないと思った。こんな場末の基地には惜しいような人材だと思った。

池内は、

「恐らく例のドラム缶八本もマニラで抜かれて廃油にすり替えられたものでしょう。いやはや、何処もかしこも同じようなことを考えるものですな。いまや軍紀も何もあったものではないですよ。ビルマ戦線では友軍が友軍を襲い、食料を強奪するだけではなく、人肉を喰ったなどというおぞましいことも囁かれています。いまや荷抜きなぞ別に珍しくはないのですよ」

言うではないか。

池内中尉の言葉を聞き、岡田はすっかり安心し、晴れ晴れとした表情で宿舎に戻った。

その頃マニラからネグロス島のバコロド基地に戻る輸送機の機中で富永指令と井上参謀が会

話を交わしていた。この機内ならば他人に聞かれる心配はないであろう。
富永「戦局はどうも芳しくないね。かといって上層部に何か策があるというわけでもなし、補給もなく、ただ頑張れというだけでは最前線の我々としてはどうも納得し難いな」
井上「マニラの南方軍総司令部の寺内元帥も大本営からアレコレ言われ、一言も反論できないのが実情ですからね。ところで南方軍総司令部は仏印に転進するそうですね」
富永「フィリピンは危なくなったので仏印のサイゴンに逃げ出すというわけさ。山下大将にしてみれば、寺内さんにあとは宜しく頼むといわれても割り切れないだろうな。山下大将はあれほどの功績がありながら今度も中枢に戻ることなく、フィリピンに駆りだされ不遇だな」
井上「確かにその通りです。東條首相にライバルとして徹底的にマークされ、貧乏籤ばかり引かされています。ところで南方軍総司令部の戸村参謀によると、ルソン島方面の戦局は極めて緊迫しており、最近では出撃しても半分以上は戻って来ないそうです。食料はもちろん、機銃弾の補充すら無いのでジリ貧もいいところです。また補修部品がないので、使用できない機上無線機が多く、これで戦えといわれてもどうしようもありません。
参謀より小規模な出撃はやめ、決戦にそなえて兵力を温存するようにと指示がありました」

富永「どうやらフィリピンというのは軍中枢では極めて危険なところと看做していることはたしかだな。一連の人事を見れば明らかだ。まったく貧乏籤もいいところだな」

富永「ワシの命令で死んでいく部下達は気の毒だが、それを命令している俺たちですら、明日の命も保証の限りではない。ワシも軍人だから国のために命を捧げる覚悟は出来ているが、大本営で勝手な命令を出しているアホな連中や、そのお取り巻きの犠牲になるのは、御免こうむりたいね。東京では財閥、政治家、軍中枢の連中はこんな時期でも、たらふく美味い物を食って女を抱いている。絶対国防圏のサイパンまで陥落させておいて、お偉方たちは誰も何の手を打とうとしないし、口をつぐんでいる。十月二十日に第一航空艦隊司令長官に着任される大西瀧治郎中将は、サイパン陥落によりアメリカの長距離爆撃機の本土空襲が始まるので、もはや日本がこれ以上戦いを続けることは無意味だと言われたそうだ。この発言が問題視され、大西中将はフィリピンに飛ばされたのではないかと囁かれているほどだ」

富永「さて名誉の戦死をしたら、晴れて靖国神社に奉られるというが、所詮靖国神社なんていうものは為政者が愚民を戦場に駆り出すための方便に過ぎないのさ」

上官のあまりにも過激な発言に参謀の井上は、思わず身を震わせ話題を変えた。

井上「ところで司令官殿、戸村参謀によれば、こんど南方軍総司令部付に着任する松前重義という男のことですが、その男は逓信省工務局長だったそうですね」

井上「そもそも逓信省の工務局長は勅任官で天皇の裁可がなければ、徴兵できない筈です。

　なにやら東條内閣打倒運動に連座したとかで、二等兵として懲罰招集され、淡路丸という弾薬運搬船に乗せられてフィリピンに送り込まれたそうですね。幸い海軍側の配慮により途中、高雄で浦戸丸に乗り換えたおかげで九死に一生を得たそうです」

富永「松前という男は、無装荷ケーブルというノーベル賞に値するほど画期的な発明をした技術者なんだよ。逓信省工務局長は軍隊でいえば、マア将官に相当するだろうな。本来ならば松前と呼び捨てに出来るような相手ではないのだよ」

富永「寺内さんもあまりパッとした人ではないが、さすがに東條一派のやることに批判的で、見るに見かねて松前二等兵を総司令部付にしたというわけさ。かといって召集解除までは持ち込めなかったようだ。山下大将はもちろんのこと、寺内さんも東條一派の受けはあまり良くないからね。サイパンが陥落し東條内閣が倒れても、あまり変化が起こらなかった。聞くところによると、軍中枢では依然としてあの一派が跋扈しているというではないか」

井上「司令官殿この戦争はいつどの様な形で決着するのでしょうか」

富永「オイッ、この場ではかしこまって司令官殿と言うのは止めてくれないか・・・さて、その件についてだが、実はワシも常にそれを考えているけれど、皆目見当がつかない。だがこのまま戦局が推移すれば、日本は破滅するだろう。そもそも米英と戦争を始めるにあたり、勝算もなく、また終結へのシナリオも無いまま開戦してしまった政治家、軍上層部の責任は重い。裏付けも無く、ただ勇ましいだけの高級参謀にも責任がある」

富永「もともと日本海軍は米英と戦争をするようには出来ていないというのが常識なのだ。

真珠湾作戦を指導した山本長官は対米開戦に最後まで反対していた。そして、対米戦の成算について時の首相近衛文麿から答えを求められた際、『半年か一年は存分に暴れて御覧にいれます。しかし、その後はまったく見通しは立ちません』と述べた事で炯眼の提督とされている。だが、山本長官は当たり前のことを言っただけのことで、『対米戦争が長引けば必ず負けます』というのが、本来責任あるポジションに居る者の発言でなければならないのだ。ましてや、相手はアホで優柔不断な近衛文麿である。山本長官から何か肯定的な言質を取りたかったに違いないからである。あの時山本長官は、相手がどんな人間で何を期待しているか見極めるべきで、近衛文麿に希望的なことは一切口にすべきではなかったのだ。

また海軍上層部は、今まで膨大な予算を獲得してきた手前、いまさら対米戦争が出来ませんとは言えなかったそうだが、たかが海軍の体面と日本の国運と一体どちらが重要なのか、物事の軽重判断が全くなっていないのだ。実は海軍の体面ではなく、上層部の奴らの体面にしか過ぎなかったのだ」

上官の発言が再び過激になってきたので井上は慌てて話題を変えた。

井上「話は変わりますが、マニラの南方軍総司令部によれば、輸送船はことごとく沈められてフィリピンへの補給はもうほとんどおぼつかないとのことです」

富永「現地で何とかせいというのが軍中枢の意向さ。だが現地で無理やり物資を徴発すれば、かならず激しい反発を招きゲリラ活動が激しくなることが眼に見えている。我々に協力しているあのマニンガスだって何らかの形でゲリラと繋がっていることは間違いないさ。だが我々が彼らに危害を加えない以上、彼らも表立って逆らわないという際どいバランスが保たれている。したがって補給が途絶えてしまった以上、現地で米や食料油などの必要物資を得るためには、支払手段として軍用品を一部流用することも止むを得ないのだ。軍票なんて所詮紙切れに過ぎないからな」

井上「その際どいバランスなるものはいつ崩れるのでしょうか」

富永「我々の要求が益々過酷となり、彼らの忍耐が我慢の限界に達した時か、アメリカ軍が上陸してきたときの何れかであろう」

二人の間にしばらく沈黙が続いた。

井上「ところで最近マニラから転属になった兵站部の岡田中尉ですが、彼は以前に搭乗員の訓練を受けたことがあるそうですね。九七式艦攻の操縦が出来るというので評判です。でも兵学校卒であれほど昇進が遅れたのはいずれか思想的に問題でもあったのでしょうか」

富永「思想問題ではなく、肺浸潤を患って長期療養を余儀なくされたそうだ。無口で何を考えているか分からない陰気な男だな。といっても兵学校ではワシの先輩だからな。操縦の実技不良でふるい落とされたことになっているがナカナカの腕前だ。イザというとき、何かの役に立ちそうだ」

井上「岡田中尉が来たおかげで、池内中尉は飛行に専念できることになり喜んでいます」

富永「池内中尉は妙に正義感の強い男だな。兵学校を優秀な成績で卒業しただけあって、エリート気質丸出しの嫌な野郎だな。だがあいつだって、時が経ちワシらと同じような立場になれば、きっと同じことをするはずさ。だが彼もそこまで生きていられるかな。もっともこんな戦局だからワシらだっていつまで生きていられるか分からんからな」

二人がこうした会話を交わしているうちに、やがてバコロド基地の滑走路が見えてきた。上空から眺めると、滑走路は爆撃跡を補修した箇所が随所にまだら模様になっていた。

富永指令と井上参謀がマニラから戻った数日後のことである。インシュラー製材所のマニンガス社長とサンチェスが再び井上参謀を訪ねてきた。マニンガスは「先日は有難うございました。本日はそのお礼に伺いました」と頭を下げた。井上参謀は怪訝そうにマニンガスに「改まって一体どうしたというのかね」と尋ねた。マニンガスは「先般お引き取りしたドラム缶六十本のうち、八本の中身がエンジンオイルの廃油でしたので取り替えていただいたそのお礼です」といって小さな封筒を差し出した。

井上は賢い男である。富永の参謀として重用されるだけの頭の回転と機転とを持ち合わせている。井上は顔色一つ変えず答えた。「それはわざわざご丁寧に有難う。旧いエンジンオイルが入っていたとは驚いたね」「ところで代わりの八本は誰が渡してくれたかね」マニンガスは「池内中尉殿です」と答えた。井上はさりげなく続けた。「ほかにも誰か立ち会っていたかね」井上参謀の目がギラッと光った。

ここに至って、マニンガスは何かまずいことになったと気がついたようである。マニンガスは「橋本殿もご一緒でした」と答えたものの、初対面の岡田の名前は忘れてしまったのか、敢えて名前を出さなかった。サンチェスも口裏を合わせるようにうなずいた。

マニンガスとサンチェスがその場を辞すると、井上は堰を切ったように、富永指令のもとに走った。富永指令の私室でしばし二人のヒソヒソ話が続いた。

その翌日のことである。全軍に攻撃命令が下された。台湾沖航空戦が始まったのである。

バコロド航空基地でも攻撃命令が出されたが、他の基地に先駆けて特攻が下命された。富永指令より艦上爆撃機搭乗員に、次のような命令が下された。「敵機動部隊はフィリピン東方海上にあり。体当たりを以って一機、一艦を屠りこれを殲滅すべし」

岡田は井上参謀より、生還を期さぬため片道燃料とすること、体当たり攻撃を旨とするので二百五十キロ爆弾は固定するようにと命令を受けた。バコロド航空基地の残存可動機はもはや二十数機である。体当たりを以って一機、一艦を屠る以外、戦果を期待することは誰の目にも困難と思われた。特攻作戦が下命される前であったが、この切迫した状況下特に奇異な命令として受け取られることはなかった。

だが錬度の高い搭乗員からすれば、この命令は屈辱以外なにものではない。爆弾を抱いて体当たりするより、急降下爆撃のほうが遥かに戦果をあげる確率が高いからである。アメリカは高射砲弾の信管に電波発信機を組み込み、敵機に近接した時点で炸裂するいわゆる電波近接信管をマリアナ沖海戦で使用し始めていた。したがって爆弾を抱いた鈍重な艦爆が撃ち落とされずに敵艦まで到達することは、まず困難であろう。

体当たりせよとの命令はまさに戦果を度外視した「死ね」という命令に等しかった。この不条理な攻撃命令の意図するところを知っていた岡田は井上参謀の命令を無視した。池内中尉の搭乗する九九式艦爆の燃料タンクを満タンにすると共に、二百五十キロ爆弾は固定せず、通常通り投下できるようにしておいたのである。

やがて型式の異なるゼロ戦、艦爆が次々と離陸していった。寄せ集めの編隊である。最後に池内中尉の九九式艦爆が離陸していった。その時である。突如、その艦爆は後部の七、七ミリ機銃で富永指令のいる指揮所をダッ、ダッ、ダッと銃撃して去っていった。

あっという間の出来事であった。隊長機の無線は補修用の水晶発信機がなく使用できない、指揮所と連絡を取ることは出来ない。すぐに追尾できるような戦闘機もない。もはや後の祭りである。やがて機影は小さな黒点となり東の澄み切った大空に消えていった。

第五部　池内中尉の軌跡

さて特攻を命ぜられた腹いせに、指揮所を銃撃して飛び去っていた池内中尉はその後、どのような軌跡を辿ったのであろうか。

上官のいる指揮所を銃撃したとはいえ、士官学校優等生のエリート中尉は、どこかに逃亡する意図は毛頭なかった。銃撃した後、池内は憑物が落ちたように速度をあげ、僚機に追いつきルソン島の東を目指した。操縦席で機器類の点検を行っていた池内は、爆弾が固定されていないことに気がついた。

池内は思わず、出撃を見送る岡田中尉の何か言いたげな表情を思い起こした。あの時、岡田はこのことを自分に伝えたかったに違いないと思った。

池内は伝声管で、やや興奮気味に「橋本兵曹、二十五番は投下可能、降下爆撃でいく」と告げた。二十五番とは二百五十キロ爆弾のことである。

「了解！」と後部座席から弾んだ声で応答があった。燃料タンクが満タンであることは、操縦席の燃料計をみて既に分かっていた。運さえよければ、敵艦に突っ込むことなしに戦果を挙げ帰投することが出来るかもしれない。

だがバコロド基地に戻ることは出来ない。また自軍の指揮所を銃撃してしまった以上、どこか別な基地に逃れてもいずれは同じ運命を辿るであろう。命令に従い敵艦に突入しても死に、首尾よく帰投しても軍法会議が、そして恐らくは死が待っている。

いま僚機とともに、敵艦攻撃に向かっている自分は刻々と死に近づいていることは確かである。もし命が惜しければ、いますぐにでも編隊を離脱し、爆弾を投棄してどこかに逃亡すれば、命を永らえることが出来るかもしれない。

だが池内にしてみれば、上官に対する憎悪と、軍人として己の使命を全うすることとは、別ものではないかと思われた。なによりも、まずこれから始まる戦闘をいかに全うするかが先決だと思った。

どのような死に方を迎えるか、それはこれから始まる戦闘の結末しだいではないかと思われた。このような状況の下でも、池内は頭の中で爆弾を抱いて体当たりした場合と、急降下爆撃した場合の破壊力の差を比較していた。

機速が仮に同じ時速五百キロとした場合、体当たりした場合、当然のことながら爆弾は時速五百キロで敵艦に激突する。反対に急降下爆撃により投弾した場合、さらに落下スピードが加わる。計算の都合上、投弾後六秒で敵艦に命中すると仮定ならば、理論上、爆弾は時速七百キロ以上で敵艦に着弾するはずである。

破壊力はその二乗であるから、破壊力の差は二倍以上になる。体当たり攻撃は、対空砲火で撃墜される確率が極めて高くなるばかりではなく、命中しても破壊力に乏しく、敵艦に致命的なダメージを与えられないであろうと思った。

編隊はルソン島のラモン湾に向かっている。出撃前、マニラからの索敵情報によれば、ラモン湾東方に敵機動部隊の一群が展開しているとのことである。

ルソン島南端のボンドック半島を過ぎると、眼にも鮮やかな太平洋が見えてきた。滴るような緑の半島に打ち寄せる白い波頭と紺碧の海が絶妙のコントラストを織りなしていた。いま自分が死の淵にいるにもかかわらず、思わず「美しい」と呟いた。

やがて遥か東の海上に豆粒を散らしたような敵艦隊が見えてきたかと思うと、直掩の敵戦闘機が襲ってきた。翼に特徴のあるＦ４Ｕコルセアである。翼に六門の十三ミリ機銃を装備している。すぐさま指揮官機の合図により編隊を解き、各機散開して敵艦に向かっていった。従来このような場合、艦爆は編隊を密にして敵戦闘機に対し火力を集中する戦法が採られていた。しかし昨今、却って一網打尽となるケースが多く、指揮官は散開を命じたのである。

随所で護衛のゼロ戦と空戦が繰り広げられていた。有速のコルセアはゼロ戦との巴戦を避け、矢のようなスピードで襲いかかり、一撃するとあっという間に飛び去っていった。コルセアの放つ十三ミリ機銃の火箭のシャワーを浴びてゼロ戦が次々と火を噴いていった。こうしたなかで艦爆隊はひたすら敵艦に向かって突撃していった。

殿《しんがり》をゆく池内中尉の九九式艦爆はコルセアの攻撃をかいくぐり、次第に目標に近づいていった。やがてスコールを逆しまにしたような、目も開けていられないほど激しい弾幕が池内機を包んだ。早く投弾しなければ撃墜されてしまうことは眼に見えている。

目標を定め、急降下を始めると、後部座席の橋本が刻々と「高度五百、降下角六十度・・・」と諸元を告げてきた。爆弾投下把柄を操作すると、ガクンという衝撃とともに機体が急に軽くなった。投弾高度はやや高いように思われたが、爆弾は目標に吸い込まれていった。

機を引き起こしにかかったそのときであった。機体に激しい衝撃を感じた。後部座席の橋本兵曹より「右主翼に被弾！」という悲鳴に近い叫び声が聞こえた。

池内はもはやこれまでかと思った。だが幸い火災は起きていないようである。よく看ると、右主翼に穴が開き、ジュラルミンが少し捲れ上がっているのが見えた。ジリジリと高度が下がっていくのが感じられた。「敵小型空母に命中！」という橋本の声で、我に返った池内が、後方をみると軽空母らしきものが火を吹き上げていた。

池内は本能的に機首を西に向け、最寄りのルソン島東海岸を目指した。ルソン島の東海岸に何とかたどり着き、機を不時着させようと思った。

池内がバコロド基地に配属されるすこし前のことである。フィリピンの第四航空軍司令部の高級参謀が「今や搭乗員諸君の命は貴重なものであるから、たとえ機が被弾しても、自爆せずに全力をあげて帰投してもらいたい。次の作戦が待っているのだ」という訓示が脳裏をよぎった。

自分の場合、首尾よく帰投できても、軍法会議が待っている。そのことは分かっていても、「自爆せずに全力をあげて帰投してもらいたい」という高級参謀の訓示か、それとも「まだ死ぬのは早い」という思いからなのか、池内は生への執着を燃やし続けた。

池内は右翼のフラップを利かせ、浮力を保ちながら、被弾した機体を安定させるため、必死に操縦桿を握り締めていた。機体の振動もどうやらおさまったようである。

幸いエンジンは正常通り回転しており、重大な損傷を免れているように思われた。橋本兵曹が「分隊士、左前方に友軍機が見えます」と池内に告げた。分隊士とは池内のことである。

左前方を見ると、数機の陸軍の四式戦がルソン島の東海岸に向かっているのが見えた。敵艦攻撃に向かった陸軍の攻撃隊を護衛した四式戦が基地に帰投中なのであろう。よく見ると、そのうちの一機がオルジス信号で「ワレニ　シタガヘ」と合図しているではないか。池内は反射的にこの陸軍機に追随していった。

どうやらこの陸軍機はルソン島の北東、ツゲガラオ基地に誘導しているようである。緊張の二時間あまりが経過した。

やがてフィリピン東海岸の鮮やかな緑の山々が前方に見えてきた。海抜八百メートルから、千五百メートルの山々が連なっている。これを越えると、いよいよツゲガラオである。池内は慎重に操縦桿を握り締め、必死に機の高度を保った。橋本が「分隊士、右前方にツゲガラオ基地が見えます」と告げてきた。山脈を越えると、ほどなく機はツゲガラオ基地上空に到着した。誘導してきた陸軍機は上空で待機し池内機の着陸を、じっと見守っているように思えた。

池内はここぞ自分の技量の見せどころと、巧みに機を操り滑走路に接近していった。だが滑走路に接輪した途端、機は右に横転した。右の固定脚に損傷を受けており、着地と同時に脚が折損してしまったのである。

激しい衝撃を受け池内は意識を失った。瀕死の状態が続き、池内中尉が意識を回復したのは、それから数日後のことであった。気がついたときはツゲガラオの病院のベッド上であった。

この数日間のことは全く記憶になかった。夢も見ていなかったように思えた。担当の軍医によると、重傷を負っているが、時が経てば元通り回復するとのことである。

また傷がある程度まで回復したら、搭乗員を台湾に後送すると告げた。それはごく内密の話と前置きされたうえで、このたびの台湾沖航空戦でおおかたの所属機を喪失してしまったツゲガラオの第四航空軍は、近々司令部を台湾に移し、立直しを図るというものであった。

とにかく傷が癒えるまで池内は毎日天井を眺めながらベッドで過ごすほかはなかった。担当の軍医は池内中尉を台湾に移送するとは言っても、そもそも自分はツゲガラオ所属の搭乗員ではない。体が回復したら、すぐにでもバコロド航空基地に戻され、軍法会議に付されるのではないかと内心覚悟をきめていた。

だがなぜか天は池内を見放さなかった。絶望的な戦局のもと、池内は航空機搭乗員の「帰還命令」により数奇な運命を辿っていくのであるが、それはもう少し後のことである。

小西久遠が古びた写真をみて透視したとおり、池内中尉もまたあの戦争を奇跡的に生き延びていたのである。

第六部　青年の会社員生活

さて叔父の岡田に連れられ小西のもとにやって来た有吉忠一は、小西久遠のアドバイスに従い、迷わず電子機器製造業を就職先に選んだ。就職した会社は富士電子工業である。大学の成績は散々であったが、すぐに採用が決まった。「腐っても鯛」有名高校、東大という経歴がものを言ったようである。

そもそも企業を構成するものは、「人、物、金」と言われている。「物」には当然「技術」というものが付帯するが、今日のようなハイテク社会では「人、物、金、技術」さらには「情報」を加えるのが一般的かもしれない。

それぞれの業種により各要素の濃淡は様々である。金融機関は「金」に偏重し、製造業においてはいずれも重要である。言うなれば、さまざまな特色のある人間の活動空間があるわけで、有吉のようなタイプの人間にはうってつけなのかもしれない。

多くのＩＴ産業において言えることであるが、システムエンジニアは必ずしも理工系出身とは限らない。富士電子工業においても、システムエンジニアの三割以上が文科系出身者であった。

こうした経緯から、有吉忠一もまたシステムエンジニアとしての教育を受けた後、すぐに現場に配属された。現場では営業と一体となって、昼夜を分かたず顧客への対応を行うことが日々の日課となる。

深夜残業、休日出勤が続いたが、幸いにして挫折を感じたり仕事に行き詰るようなことはなかった。預金の残高が面白いように殖えていった。

就職して数ヵ月後のことである。銀行に就職した大学の同級生たちと会う機会があった。文科系出身者にとって銀行は、憧れの職場である。給与は高く社会的な信用も厚い。成績優秀でないとなかなか採用されない。だが同級生から銀行という職場の実態を知り、有吉は「やはり銀行に行かなくて良かった」と胸をなでおろした。

多忙な日々が続き、何年かが経過した。ＩＴ化の波に乗り、富士電子工業のシステム部門は急速に拡大していった。二十七歳になる直前のことである。小西久遠のもとを訪れた母親が持ち帰った見合い写真を見て、有吉はすぐに気に入り、その女性と結婚した。内助の功にも支えられ、いつしか有吉は中堅のシステムエンジニアとして数人の部下を率いるリーダーになっていた。

有吉の担当は京都大学や九州大学、そして研究機関でどちらかといえばアカデミックな顧客が多かった。これはどうやら有吉の東大卒という学歴と関係があるように思われた。

さて、日本におけるコンピューターの普及が一巡すると、飽和状態となった国内市場にかわり、富士電子工業は新たに海外市場を模索し始めていた。多くの人材が海外部門に転属となった。

ある日の残業時間のことである。有吉が顧客向けのシステム提案書を作製していると、上司の三田統括部長に「オイ、ちょっと飲みに行かないか」と誘われた。隣接するビル地下の瀟洒な居酒屋でビールをぐっと一杯飲み乾すと三田は口を開いた。「君、台湾の合弁会社に駐在代表として行ってくれないか」と切り出した。

いよいよ自分にもお鉢が回ってきたのである。富士電子工業は全世界に商談を展開しているにもかかわらず、何故この自分が国交もない台湾の合弁会社に行くことになったのか、若干引っ掛かるものがあった。

また子供の教育のことを考えると単身赴任を余儀なくされるであろう。だが勤め人になった以上、転勤を厭うことは出来ない。一般的に転勤を渋ると、もっと悲惨な結果が待っているものである。もとより転勤は覚悟のうえである。たまたま行き先が台湾になっただけのことである。

その昔、叔父の岡田章雄に連れられ占い師の小西久遠を訪れた際、ゆくゆくは海外勤務もあることを思い出した。上司の三田に悪意がないことだけは確かである。赴任先がどんな合弁会社か詳細は不明である。またそもそも台湾という国がいったいどの様なところなのか、新聞や雑誌以外の情報もなかった。

だが有吉はその場で台湾の合弁会社にいくことを同意した。聞くところによると、富士電子工業の合弁相手は大同公司という台湾における最大の電機、電子機器メーカーである。総帥の林 挺生は台北帝大を卒業したエリートである。マルクスの資本論を原文で読破したといわれ、大変な勉強家でありまた努力家とのことである。

三田によると台湾のワークビザ取得におおむね一ヶ月必要である。したがって赴任まであと一ヶ月の猶予がある。この間に今の仕事の引継ぎを終らせなければならない。この間残業や休日出勤はなくなるので北京語を特訓しておこうと思った。有吉は英語には自信があったが、合弁会社に出向することになると、やはり現地の言葉による意思疎通は必須と感じたからである。

赴任に先立ち、有吉は鎌倉に住む叔父の岡田章雄のもとを訪ね、円覚寺に赴いた。有吉家の墓地はこの境内にある。祖父母だけではなく、夭折した姉もここに葬られている。墓前に額ずき赴任の報告をするとともに、恙無く任務が遂行できることを祈った。

有吉はこの円覚寺境内にある北鎌倉幼稚園の卒園生でもある。当時の幼稚園は居士林にあり、現在は座禅道場となっている。

幸い今日は座禅が行われていない様子である。有吉は係りの人に事情を話し、中に入れてもらうことが出来た。卒園してから既に四十年近い歳月が経っている。だが屋内は全く変っていなかった。園児の荷物を入れていた戸棚は昔のままで、現在は道場で修業をする人達のロッカーとして使われていた。まるでタイムスリップしたかのようである。

有吉は反射的に自分の荷物を入れていた戸棚に向かった。戸棚の扉の傷はそのまま残っていた。有吉は昔と全く同じ場所に安置されている本尊に深々と一礼し、手を合わせた。

第七部　台湾での駐在生活

緊張した面持ちで台湾の蒋 介石空港に降り立った有吉は、出迎えに来ていた現地代表の吉岡の車で市内に向かった。当面の宿舎であるホテルに荷物を置くと、前任の吉岡に案内され、すぐに中山北路という目抜き通りの喫茶店に赴いた。駐在代表の交替にあたり、まずここで合弁会社の総経理（社長）に会うことになっていた。

総経理は、親会社である大同公司の総帥、林 挺生の義弟で李 進智という五十の半ばを過ぎた人物であった。

中学二年まで日本教育を受けたとのことで、日本人とほぼ変わらない日本語を話した。幾つかの会話を交わすうちに、この李 進智なる人物が教養に溢れ、また良き家庭人であることが窺われた。またどちらかといえば実業家というよりも、学者か大学の教授のほうが向いているのではないかという印象を持った。

別れ際に、折角の土曜日なので、これから自分の車で陽明山の別荘に行かないかと誘われたが、何分にも初対面であり有吉は固辞することにした。

出社の当日、有吉は合弁会社のマネージャー二十数名を前に次のような挨拶をした。「我是新来的有吉。目前台湾的経済一天比一天發展。美國也認為、台湾已経是最先進的國家之一、在

這様的情況下、我継承任務、覚得責任很重大、為了提高業績、要尽量努力、請多多指教、謝謝大家」

「この度新しくまいりました有吉です。現在、台湾経済は日々発展しており、アメリカも台湾を世界の最先進国の一つとして認識しております。このような情況下、私は任務を引継ぐことになり、その責務は極めて重大と感じております。ここに業績拡大のため、最大限の努力をいたすつもりです。皆様どうぞ宜しくご指導賜りますようお願い申し上げます」

一ヶ月間の特訓がなんとか実ったのである。


さて、富士電子工業の海外基本ポリシーは「海外現地法人の経営権は全て掌握する」というのが原則である。

だがここ台湾だけは唯一の例外である。これは十五年前、合弁に際して大同側が経営権を頑として譲らなかったからである。

一方、富士電子工業側も将来の大陸進出を鑑み、台湾に経営権のある現地法人が無いほうが好ましいという配慮もあったようである。

こうして設立された合弁会社の社名は「大同富士電脳公司」と経営権を有する大同の社名が冠となった。かような経緯で、合弁会社の運営はすべて経営権を有する親会社の大同に準じていた。意思決定の方法も日本のやりかたとは似て非なるものであった。

日本と同じように稟議書による決裁が行われていた。だが一旦起案された稟議書を加筆修正することは一切禁じられており、かわりに各部署の意見書がベタベタと貼り付けられ、最終的に全ての意見書が総帥の林 挺生の目に留まるようになっていた。

このやりかたは、社内に小役人が跋扈するのを防ぐ有効な手段であると有吉は感心した。稟議書に限らず、有吉にとって全く経営理念の違う会社を日々体験できるわけで、これはまたとない貴重な機会であると思われた。恐らく上司の三田が自分に与えてくれたものであろうと思った。

勤務は朝八時に始まり夕方五時に退社となる。富士電子工業のようにダラダラ残業するものはほとんどいない。夫婦共働きが基本であるから退社後の役割がそれぞれ決まっている。急に残業を命ぜられたら大慌てとなるのである。

だが海外駐在員の場合は、午後五時で仕事が終わりというわけにはいかない。夜は日本からの出張者、顧客対応に追われるからである。

もともと台湾には数多くの日系企業が進出しており、ほぼ毎日のように訪問客があった。

訪問客は中華料理を堪能した後、バー、クラブでのハシゴとなる。したがって、駐在員の帰宅は毎日午前様である。もし訪問客を放置して何か事故に遭ったならば、全て駐在員の責任となるばかりではなく、その処理に何倍もの時間を費やされる羽目となる。

当たり前のことであるが、国内外に限らず合弁会社に出向中の社員は、現に所属している合弁会社と派遣元の社員としての両面性を有する。

多くの海外駐在員の場合、昼間は合弁会社を意識し、夜は派遣元を意識する。

赴任して数日後、合弁会社の李　進智総経理令嬢の結婚披露宴が、圓山大飯店にて盛大に催された。

台湾の披露宴は合理的である。一般の参加者は、盛装する必要もなければ、挨拶も無い。お喋りをして、食べて、飲むだけで良いのである。

日本人がいない筈のテーブルからも日本語が聞こえてくる。「酒ない。もう一本」など少し言いにくいときに限って日本語を使っている。

これには前任の吉岡をはじめ、日本人駐在員一同思わず顔を見合わせ苦笑した。宴会は何時始まって、何時お開きになるかも定かではない。一応、新郎新婦の入場を以て始まりとなし、退場を以てお開きとなるのであるが、宴席そのものは延々と続いている。

引き出物が無いこと、料理が安い為であろうか、主催者の持ち出しになることはないという。一般的には、祝い金（紅包）で宴会代金と、普通の新婚旅行代が賄えるそうである。したがって、お役人主催の披露宴は、片側十卓と定められているそうである。新郎新婦が退場したのを機に、多くの列席者が席を立ち始めた。これに合わせて日本人駐在員も席を立ちタクシーに乗り、中山北路という繁華街を南に向かった。行き先は市内の飲み屋街である。

駐在員全員が独身か単身赴任である。家に帰っても誰も待つものもいないし、久しぶりに駐在員仲間だけの時間がほしかったからである。駐在員が出入りする飲み屋街は林森北路と呼ばれる界隈である。戦前の大正町で日本人の中産階級が多く住んでいたところである。何条通りという戦前の呼称は、正規の住所表示ではなかったが俗称としてそのまま使用されていた。

戦前日本人が多く住んでいた地区が戦後、日本人駐在員の出入りする飲み屋街に変貌したのも皮肉なものであると思った。

日本語教育世代が年々少なくなり、すでに街では日本語が通じなくなっているにもかかわらず、この界隈だけは例外で万事日本語で事足りた。この界隈は、現地の人々から「林森大学」と揶揄されているところでもある。何故に大学なのか、それは恐らく、日本人駐在員がここで怪しげな中国語を学ぶからであろうか。

さて、前任の吉岡は自分の行きつけのクラブに案内すると、ウーロン茶を所望した。普段は客の接待に明け暮れているので仲間内のときは酒抜きにしたいのであろう。ウーロン茶を飲み干すと開口一番、吉岡はこんなことを言い出した。「有吉君、君は三田統括部長から中山科学院のM200商談の経緯について聞いているだろう。じつは、先日、あの中山科学院の副院長の張　憲義氏がアメリカに亡命したそうだ。自由主義圏の台湾からアメリカに亡命することなど本来あり得ない話なのであるが、詳細を確認したところ、張　憲義氏は台湾が密かに核兵器を開発していることをアメリカに垂れ込んだという話だ。そこで、もはや台湾に戻る事が出来ないため、身辺保護と亡命を申請したとのことだ」

数年前のことである。台湾の中山科学院という軍事研究所が富士電子工業に超大型コンピューターのM200の購入を打診してきたことがあった。当時日本と台湾の貿易インバランスは深刻で、台湾政府は日本からの輸入を極力抑えようとしている時期であった。にもかかわらず、なぜ日本企業の富士電子工業に打診してきたのか、その背景は次のようなものであった。

アメリカは台湾が密かに核開発を意図している事を察知すると、アメリカのMITなどの有名工科大学に留学している台湾人留学生のビザ延長を認めないとともに、出荷直前のCDCのスーパーコンピューターの輸出をストップしてしまった。

孤立を深める蒋　経国政権が核開発に手を染めることは充分想定される事であった。アメリカから調達出来なくなったので、台湾政府は急遽、日本からコンピューターを買いつけようと富士電子工業本社に打診してきたのである。

破格の好条件であった。機種はM200という当時、世界最高性能の汎用コンピューターであった。

台湾からの大型商談に富士電子工業は色めき立った。すぐにでも飛びつきたい商談ではあったが、この商談の持つ意味もまた会社は理解していた。当然のことながら、監督官庁である通商産業省や外務省に相談したことは言うまでもなかった。

結果、外務省は反対、通商産業省は真っ二つ割れた。コンピューター事業振興を推進する機械情報局は賛成、原子力燃料を所管する資源エネルギー庁は反対であった。それぞれの政策と思惑により意見が違ったのである。

また、これより少し前に、富士電子工業は中華人民共和国の中国科学院からM190を二台受注していたが、ココム規制により、出荷が頓挫していたという複雑な事情もあった。将来期待される中国ビジネスという観点から、この商談は、当然のことながら好ましくなかった。

社内にも推進派と、反対派が存在したのである。

さて、かようなところに設置されるコンピューターであるから、日本政府の輸出許可取得は容易ではなかった。

紆余曲折があったものの、最終的にはE／L（輸出許可）は下りた。ただし、エンドユーザーは中山科学院（Chungshan Institute of Science and Technology）ではなく、核能研究所というダミーとし、使用目的も、原子炉の安全解析という名目に偽装したのである。

こうして、一九八二年初頭、問題のコンピューターは出荷された。漏れ聞くところによると、蒋介石空港での通関手続きは一切なく、飛行機が到着するやいなや専用のトラックが待ち構えており、そのまま中山科学院に持ち込まれたとのことであった。

一カ月後の一九八二年三月には問題のコンピューターは稼働を始めたのである。だがこの商談にはさらなる裏話があった。

そもそもこの商談は共産圏向け商談ではないので、最終的に通産省はE／L（輸出許可）を交付せざるを得なかったというのが当初のいきさつであった。だがアメリカ商務省からクレームがあり、しかも日本の通産大臣が替わった途端、通産省は態度を急変させた。

だがいったん交付した輸出許可証を取り消すことは、お役所の体面上出来ない。そこで通産省は自主的に輸出許可証を返納せよと富士電子工業に対して強く迫ってきたのであるが、時既に遅く、飛行機は台湾に飛んでしまったというのである。

常識的にみてアメリカ政府が輸出をストップしたものが、日本から調達できること自体、本来あり得ないはずである。

M２００は汎用コンピューターであるが、科学計算モジュールというオプションを使うとスーパーコンピューター並の技術計算が出来ることがあまり知られていなかったわけで、当初、アメリカは、日本にＣＤＣやＣＲＡＹに匹敵する高性能なものはないと、タカを括り傍観していた。いわばその間隙を縫って売れてしまったというのが真相なのである。
これら一連の経緯について、直属の上司である三田は科学システム部の責任者として直接関与していたので、有吉も逐一情況を知らされていた。
有吉「それで、アメリカはどのように反応したのですか」
吉岡「漏れ聞こえるところによれば、アメリカの対応は極めて素早かったそうだ。アメリカ政府は、極秘に特使を台湾に派遣し、就任したばかりの李登輝総統に面会を申し込んだそうだ。そこで何が話し合われたか誰にも分からない。憶測ではアメリカは台湾の安全保障と引き換えに中山科学院の核兵器関連設備を廃棄させたとのことだ。台湾政府はアメリカの勧告をうけ、中山科学院の核兵器関連設備を極秘裏に廃棄したものの、既に保有済みの数発の核弾頭についてアメリカは言及しなかったそうだ。これはアメリカの安全保障の言質に対する担保の意味合いもあるようだ」
有吉「以前、日本の新聞でも南アフリカ沖で核実験の閃光が衛星から視認されたという報道があった様に記憶していますが、あの件でしょうか」
吉岡「そのとおりだ」
さらに吉岡は声をひそめて話を続けた。
吉岡「実は随分前のことだが、ハードウエアの保守員が定期保守の際、使用状況を調べるために時間計をチェックするだろう、すると途方も無く巨大なジョブを処理していることが分かった。軍事研究所における途方も無く巨大なジョブといえば、おおよその見当はつくだろう。中山科学院はあのM２００を使用して核開発を行っていたことは確かだろう」

吉岡「ところで今度の水曜日に、君と中山科学院に引継ぎの挨拶に行くことにするから、予定に入れておいて貰いたい」

有吉「何か準備しておくことはありますか」

吉岡「特に何も無いが、居留証を持参しないと入門できないから忘れないように」

さて、中山科学院訪問当日のことである。台北市内から桃園の龍潭まで、おおよそ四十分である。有吉は、まずその物々しさに仰天した。

研究所の周囲は、高いコンクリートの壁が取り囲んでおり、壁のうえには、高圧線が張り巡らせてあった。随所に憲兵が銃を水平に構え、何時でも発砲できる態勢を整えていた。

ここのセキュリティは徹底しており、外国人がこの研究所を訪問するためには、事前に身上書を提出しなければならなかった。身上書には家族や両親も記載する必要があった。

また入門に際しては、パスポートか居留証が必要であった。通用門に到着すると、受入れ元の責任者がやってきた。

そこで車に乗せられて構内のアポイントをとっている部署に向かうのである。車窓から周囲を見渡すと構内には、ミサイルとか航空機、戦車なども散見されたが、構内を勝手に歩き回ることは厳禁されていた。さて建物に到着すると、もう一度検問があり、ここを通過して、やっと所定の人間に会うことが出来るのである。

緊張した面持ちで応接室に入ると、すぐにコンピューター室長とチーフスタッフが部屋に入ってきた。

王 志強という室長は六十に近い年齢と思われたが、いかにも軍人出身という精悍な面持ちであった。また、チーフスタッフは学者肌の超エリートであることが窺われた。

はじめ吉岡と王室長は北京語で会話していたが、本論に入ると流暢な英語になった。おそらく彼らはアメリカ留学経験者であろうと思われた。

王 「本日は孫院長にも面会いただく予定でしたが、院長は多忙の為、あいにく不在で、おふた方に何卒宜しくとのことです。そこで折角お越しいただいたので、今後のことについて相談させていただきたいと思います。これからコンピューター室に御案内いたします」

張 憲義氏のアメリカ亡命騒ぎで、院長はきっと多忙なのであろう。

コンピューター室は応接室の階上にあった。部屋は整理整頓が隅々まで行き届いており、大切に扱われてきたことが覗われた。

王「まず貴社のM200については極めて可靠性（信頼性）が高く、孫院長も大変高く評価しておられる。特にCPU回りについては設置以来、故障は皆無である」

吉岡「M200については、既に稼動してから五年近く経過しております。今日では、遥かに高性能で運用コストの低いものが御提供できるので、一度プレゼンテーションをさせていただきたいと思っておりますが如何でしょうか」

有吉は王室長の反応を窺っていたが、どうも反応は鈍くレベルアップについてはあまり、興味はないように見受けられた。

王「実はM200を他の目的にも使用することにしたいので、漢字プリンターを増設したいと考えています」

拍子抜けした吉岡と有吉は思わず顔を見合わせた。

吉岡「どの程度の漢字プリンターが必要なのでしょうか」

王「毎分千ライン程度のもので充分です」

吉岡「了解いたしました。すぐにオファーさせていただきます」

有吉は二人の英語による遣り取りをじっと聞いていたが、ことによると王室長は日本語を解するのではないかと直感した。もちろん何の根拠も無い。

応接室に戻ると、再び吉岡と王室長の会話は北京語となった。二人の会話が終わると、王室長は有吉に英語でこう語りかけた「この度有吉さんのような優秀なエンジニアが台湾に駐在されることとなり私どもとして大変心強く思っております。これからもいろいろ相談に乗ってください」と結んだ。有吉の経歴書は読まれていたのだ。

時計を見ると既に二時間近くが経過していた。吉岡と有吉は乗ってきたハイヤーで台北に向かった。だが同業者も利用するハイヤー内での不用意な会話は禁物である。運転手の多くは日本語を解するからである。事務所近くで車を降りた二人は復興北路にある「福井」という日本食レストランに入った。まだ昼前で店には客は少なかった。

吉岡「君はどう思う。漢字プリンターを増設したいということは、新しいコンピューターを買ってくれないということかね」

有吉「当面無理だと思います。ところであの王 志強という方はいかにも軍人らしい名前と風采ですが、あの方日本語が分かるのではないですか」

吉岡「そうかね、でもあの中山科学院の要職にある人は殆ど外省人だから、日本語を解する人はいないと思うがね。でもなにか根拠があるのかね」

有吉「いいえ私の直感です」

吉岡「君の直感があたっているかどうかは別にして、海外でビジネスをする以上、君のように細かい配慮をしていくことは、特に必要だと思うよ。日本語が解らない振りをしている場合もあれば、その場の雰囲気で相手に解かってしまうこともある。とりわけ外来語混じりの会話は要注意だ」

有吉「吉岡さんは、かつて北京に駐在されていたので、そのように配慮されるのですね」

吉岡「今では信じられないかもしれないが、北京に駐在していたとき、東京への電話は、自動ダイヤルではなく全て長途電話局への申し込みであった。日本企業の代表者集会で、委員長から日本に国際電話を掛けるときは、あらぬ詮索をされない為に、盗聴している人にも分かりやすい日本語で喋るようにとの注意があった。僕は最初冗談だと思っていた。だがある時、東京の韓国営業の人とふざけて朝鮮語で会話していたら、突然電話を切られてしまった。あの注意事項はまじめなものだったことを思い知らされた」

吉岡「台湾は中国と違って自由圏だから心配はないが、それでも余り際どいところには近づかない方が無難だろう。また中山科学院の話は、張　憲義氏の亡命の件もあり、特に注意が必要だと思うよ」

日本食レストランでの昼食が終ると二人は事務所に戻り、すぐに李　進智総経理の部屋に赴いた。中山科学院でのやりとりを報告するためである。

李　進智は「いいところに来てくれた。ちょうど、君たちのところに行くところだったよ」

と言って、現地紙の経済日報の見出しをみせた。そこには、中山科学院副院長の張 憲義氏がアメリカに亡命とデカデカと書かれていた。

ついに公になったのである。李 進智は新聞を片手に解説を始めた。その内容は次のようなものであった。

「中山科学院の副院長、張 憲義氏がアメリカに亡命した。彼は、アメリカで台湾が核開発を進めていることを暴露したからである。従来よりアメリカは、台湾が核開発を進めているのではないかと危惧していたが、いよいよ現実の問題となったことを悟った。アメリカの反応は、極めて素早かった。アメリカ政府は、蒋 経国総統の死後、新たに就任した李 登輝総統に『本件について李 登輝総統と至急に会いたい』という内容の極秘親書を台湾政府に手交した。数時間後、郝 柏村参謀総長と沈 昌煥総統府秘書長は、アメリカの極秘親書を携えて、総統府を訪問し、李 登輝総統を交えて善後策を協議したといわれている。そこで何が協議され、どのような対応がとられることになったか詳細不明である。核開発施設は極秘裏に破壊されることとなった。しかし、製作済みの核弾頭数発については、アメリカは台湾の防衛上、欠くべからざるものと認め、言及しなかったとされている」

内容的には吉岡の早耳情報と大差なかった。吉岡はいったいどの様な情報ルートを持っているのであろうか。自分もいずれはこのレベルに到達しなければならないと思った。

李「この記事には書かれていないが核開発そのものは、やはり中山科学院のＭ２００を使っていたらしい。ことによると、当局から呼び出されて、色々なことを訊かれるかも知れないけど、君は知っている事実のみを正確に答えるようにしてくれたまえ。当局が君に尋ねたいことは、日本政府、そして君たちの会社が輸出にあたり何処まで知っていたかということだろう。それ以外のことは、僕たちが対応するから君は心配しなくていいよ」

と言った。

有吉は李　進智が今までになく真剣な顔つきなので思わず固くなった。すると、李総経理は二人の緊張をほぐすかのように、今度は中国時報という一般紙の三面記事の写真を見せながら話題を変えた。

李「このあいだネ、忠孝東路の秘密売春クラブに警察の手入れがあったそうだ。そこで、ホステス四十五名と客四十三名が警察に捕まったんだよ。客が外国人の場合ネ、会社の責任者が警察に赴いて、身柄を引き取りに行かなければならないんだ」

と言う。どうも有吉に「単身赴任で寂しいかもしれないが、余りヤタラな所に行くなよ」と言っているようである。しかし、単刀直入に言わないで、こうして婉曲に言うのは、李　進智の育ちのよい所だと有吉は思った。

有吉「李さん、私は好奇心が人一倍強いかも知れませんか、羽目を外すことはありませんので、どうか、ご心配なく」

こう言うと、少し安心したかのようであるが、李総経理はその儘話を続けた。

李「僕は、医者の子供だからね。軍隊にいたときも、慰安券を貰ったけど、病気になったらヤバイから、人にあげてしまったよ。確か、一ヵ月に二枚呉れるんだよ。そもそもネ、男の快感というものは、一人でやっても二人でやっても、快感係数は変わらないものなんだよ」

なるほどと、有吉は思った。僅か二、三秒の快感のために、男は人生を棒に振ったり、一生獄に繋がれることもあるのである。

李進智の忠告は素直に受け入れるべきであると思った。何よりも、善意に基づいて有吉に忠告して呉れていることは確かである。

李「僕がこの会社に出向してくる前は、親会社の大同公司の海外部門にいて家電の営業をやっていたんだ。この間、世界中を飛び回ったけれども、一番印象に残っているのはアラブの貴族を訪問した時だったよ。昼食に招待されて、サァこれから商談と思ったら、『アラブに来たらアラブの習慣に従って頂きます。商談は昼寝の後にしましょうね』と大きなベッドのある客間に連れて行かれたかと思ったら、外から鍵を掛けられてしまったんだ。モウ、外には出られないし、眠くないので、昼寝をする気にもならない。アラビア美人がスケスケの服を着て、部屋にやって来るのかと思ってヒヤヒヤしたけどそれはなかった。三時間も経ってやっと部屋を開けてもらって、本当にホッとしたよ」

有吉「アチコチ行かれて、どこの国が一番良かったですか」

李「昔のサイゴンが良かった。フランス料理と中華料理がミックスしていて最高だった」

李「アメリカは昔、留学していたので懐かしかった。僕がアメリカに留学していた時に、教授から『お前達、日本人の英語の発音は、ほんとにヘタクソだ』と言われた。僕は『いいえ、私は、チャイニーズです』と言ったらオカシイナと首を傾げるんだ。『でも私は、タイワニーズで、ファースト・エデュケーションは日本語です』と説明したら教授は、なるほどと納得していた」李 進智の話は続いた。

李「ところで、君たちの交代に合わせていままで秘書をやっていた荘 淑華をシステムエンジニアに配転するので、新規に採用することにした。こないだ君と陳君で新しい秘書を面接しただろう。二人のうちどちらが良いかね」

有吉「私としては会社の基準に則って決めて頂ければ良いと思っています。確か淡江大学出身の女性は前の会社が潰れてしまったと言っていました。学科試験は謝 春香という輔仁大学出身の方が、遥かに優秀のようです。成績の良い方が何かにつけて便利かも知れませんね」

李　「でも、前の会社が潰れてしまったというのは気の毒だね」

どうやら李　進智は後輩である淡江大学出身の女性を採用したい様子である。

有吉「私はどちらでも構いませんが、淡江大学出身の女性の唇が薄いのが気になります」

李　「君ネ、自分の女房にするわけじゃないのだから、唇ぐらい薄くても構わないだろう」

有吉はギャフンとなった。その通りである。この間、吉岡はニヤニヤしながら二人の遣り取りを聞いていた。李　進智の話は続いた。

李　「昔ネ、うちの会社に林　恵美という日本語の上手かった秘書がいた。彼女には、前の会社で知り合った日本人の彼氏が居たらしいんだ。ある日のこと、彼女が日本に行くので休暇を申請してきた。僕は『日本に観光に行くのなら認めるが、彼氏に会いに行くのなら許可しない』と言ったんだ。あの頃、台湾から海外に出るのは、相当大変だったんだ。日本人の彼氏に本当にその気があるなら、向こうから彼女に会いに来るべきだと言ったんだ。彼女は泣き出した。可愛そうに、結局うまくいかなかったようだ。昔は、台湾人の男に日本人の女という組合せが、圧倒的に多かった。これは、台湾の男が日本に留学しているうちに、日本人の女と懇ろになったケースが多かったからだ。どうもこの組合せの方が上手くいくようだ。ところでネ、僕は林　恵美の相談によく乗っていたので、副総経理の陳　錦長君は、林　恵美は僕の彼女だと言い触らしたことがあったんだよ」と言い出した。

合弁会社において、この種の話に乗るのは禁物である。日本からの出向者は立場上、副総経理の陳 錦長とも仲良くやらなければならないのである。総経理と副総経理の間が、余り良好でないことだけは確かである。タイミング良く三時になっていた。吉岡と有吉は李 進智に別れ告げ部屋を出た。有吉は自分の席には戻らず、そのまま吉岡の副董事長室に入った。

吉岡「有吉君、きみもこちらに駐在してから一週間が経っていろいろ分かってきたと思う。経営権のないこの合弁会社で我々が如何に行動すべきか、幸い君は充分判っているようだ。さて中国人、恐らくは台湾人を含めて、彼らとの付き合いで、まず念頭に置かなければならないことは、彼らは日本人よりワンランク上の思考をしていると思ったほうがいい。一例を挙げるならば、一昔前までは、中国のちょっとした家庭では、昼食時になると訪問してきた親戚、出入り商人、使用人、そして時には郵便配達人までが同じ食卓を囲むことになる。各々がどの様な立場で振る舞い、どの様な対応をすべきか、子供の頃から脳裏に叩き込まれている。母親と二人きりで、テレビを見ながら昼食を食べる日本の子供達と比べてみたまえ、自ずと明らかであろう。これから彼らの行動を仔細に観察すれば、分かってくると思うが、一般的に彼らは行動を起こすにあたり、熟慮に熟慮を重ねており、極めて慎重だと思うよ。中国人というものは鷹揚で物事にこだわらないと思い込んでいる日本人は多い。だがね、これは日本人の勝手な思い込みで、本当は自分の利害に関わることには、とても敏感なのだよ。計算をし尽くした上で鷹揚に振る舞っていると思うべきだ。しかし、だからと言って損得勘定による打算のみが中国人の行動の原点ではない。このあたりは、日本人にはとても及ばないものがあると考えたほうがよいだろう。僕の経験では、彼らは原則というものには忠実であり、決して踏み外すことはない。反対に日本人は原則を曲げても、目先の小利益のために、その場を糊塗することが多いのではなかろうか」

吉岡の指摘は、有吉がいままで何となく漠然と抱いていたことを的確に言い当てたように思えた。有吉はかつて、ある韓国人が「日本人は微に聡く、大局に疎い。その道の権威ある人の言うことには盲信して、疑うことを知らない」と言ったことを思い出した。

吉岡「中国人が『政、商』に長けた民族であるならば、日本人は『工』に長けた民族だ。種子島に鉄砲が渡来した僅か数年後、日本では年間数千挺の鉄砲が生産されていた。しかもオリジナルなものより雨天での運用に優れ、命中率がよかったそうだ。当時、ヨーロッパの陸軍大国であるフランスですら、一万挺の鉄砲しか保有していなかったそうであるが、関が原の戦いでは、東西両軍で実に六万挺の鉄砲が使われた。今日に至るも日本民族が、もの造りに長けているのは偶然ではないのだよ。この根本的な要因はなにか、それは日本においては、技能をもった職人というものが中国よりも、はるかに社会的に高く評価されていたことにあると思うよ」

有吉が赴任してから十日後、吉岡は所定の引継ぎを終え日本に帰国した。慌しい十日間であった。もっと吉岡との時間を過ごしたかったが、吉岡は一日も早く帰国しなければならない。

多くの者が別れを惜しんで飛行場まで吉岡を見送った。よく言われることであるが、海外駐在、特に合弁会社において東京本社ばかり向いて仕事をしていたら現地で上手くいくはずが無い。反対に現地で上手くやっている者は、本社の覚えが良くないことが多い。どうやら吉岡は後者のタイプのようである。

吉岡の在任中「大同富士電脳公司」の売り上げは二倍になり、本社への利益配当も毎年六千万円を超えるまでになった。

この明らかな業績向上に対して本社は、吉岡にそれなりの評価を与えたのであろうか、帰任後、海外営業本部の渉外部長という要職を拝命した。

だが有吉の見たところ、吉岡は余り出世に関心があるようにも思われなかった。吉岡は有吉よりわずか四歳年上に過ぎないが、物事を鳥瞰しているようで、どこか叔父の岡田章雄と一脈通じるものを感じた。文化大革命直後の中国大陸で単身赴任生活を経験すると禅僧のように達観した心境になるのではないかと思った。

一般的に海外駐在員の前任者と後任者の関係には微妙なものがある。後任は前任者の功績を敢えて認めたくないし、前任者も後任に対し、自分よりも上手くやって欲しくないという黒い願望を心の奥底に秘めているからである。当事者の人格と品性にもよるが、はなはだしい場合、後任に重要な事項を引継ぎしないで帰国してしまうケースもあるという。

このため、富士電子工業では、駐在を終えて帰国したものは、その地域の担当に任命しない、すなわちピッチャーをキャッチャーにしないことが原則なのである。

それは現地の情況に熟知した前任者と、着任早々の未熟な後任を同じ土俵で比較されたら後任の者はかなわないからである。前任者が吉岡のような達観した人物であったことは、有吉にとって幸いというべきであろう。

秋になった。日台間で尖閣列島の領有問題が発生した。日本では、大した新聞記事にならなかったようであるが、台湾では連日、新聞、テレビのトップニュースとなった。

日本人学校の小学生に卵が投げつけられるとか、高雄に到着したばかりの日本人観光旅行客の乗ったバスに卵が投げつけられ、旅行団は、そのまま飛行機に乗って帰ってしまったというような不穏な事件も発生した。

日の丸にバツ印を付けた幟を立て、「拒載日本人」（日本人は乗せない）と大きく横書きしたタクシーが街のあちこちに見られた。有吉達は、特に危険や、不愉快な思いをしたことは無かった。しかしある日のこと、有吉は李 進智総経理に呼ばれた。

李「台湾でビジネスをする人や、観光に訪れる人は台湾に親近感を持つ人々であろう。こうした人々に対して危害を加えることは、決して是認されるべきことではない。だが、不測の事態を避けるため、君達は、単身赴任で夜は無聊かもしれないが、しばらく夜は飲みに行かない方がいいよ」と注意を受けた。有吉はこの言いつけを守った。

最初の一週間ぐらいは、仕事が終わると真直ぐ家に帰っていたが、その内コッソリと、行きつけの飲み屋に行ってみると、客は激減していたが、別段何も変わった事は無かった。

飲み屋にとって、客が減ったことはかなりの痛手であったらしく、これ以上事態が悪化しないように林森北路のママさん達が政府筋に陳情したとかいう真偽不明の噂も流れた。何処の飲み屋にいっても、「釣魚台（尖閣列島）の領有問題は、政府の問題であって、私達とは全く関係のない事です。私共の所で飲んでいる限り、決して皆さんに危害が及ぶ様なことはありませんと言われた。

ママさん達の陳情が奏功したせいか、十月二十五日の光復節を過ぎると騒ぎは、急に下火となり、林森北路は再びいつもの賑やかさを取り戻したのであった。

さてこの尖閣列島は、工学博士で超短波多重電話システムを研究、開発した米澤　滋が、飛行機事故で九死に一生を得た場所でもある。当時の朝日新聞は、この飛行機事故を二日間にわたり大きく取り上げていた。

昭和十五年二月五日のことである。当時、逓信省の工務局技師で航空無線係主任であった米澤　滋が那覇から台北に向かう途中、搭乗していた阿蘇号という双発のダグラスＤＣ２型機が尖閣列島の魚釣島に不時着した。

ジェット機時代の今日ならば、まず絶対に助からないケースであろう。幸い冷静沈着なパイロットの御陰で、僅かな磯場を見つけて不時着水し、全員無事に上陸することが出来たそうである。

ここで九死に一生を得た米澤　滋は、戦後の昭和四十年から日本電信電話公社総裁を三期、十二年務めることになるが、米澤　滋の記した『私の履歴書』や著書によるとその後の経緯は次のようなものであった。

不時着水後、遭難を目撃した基隆所属の金星丸と言う鰹漁船は島に近づき、全員の無事を確認した。だが漁船は小さく乗員四名、乗客九名を収容することはできないので、救助船を待つことになった。そこで漁船は当面の食料を提供することとなったが、島は岩礁に囲まれているため、漁船は接岸出来ない。

そこで泳ぎの得意な屈強な漁夫が一斗缶を背負い、島に食料を届けてくれた。一斗缶の中には、白米五升（概ね五キロ）と醤油、獲ったばかりの鰹、そして油紙に包まれたマッチと包丁が入っていた。乗員、乗客一同、漁船船長の配慮に深く感謝した。

こうして乗員達は、貰った食料を分け、不安な一夜を過ごした。当時の漁船は無線機を持たないため、基隆に戻り初めて阿蘇号の消息が伝えられた。一方、阿蘇号の遭難信号を受信した那覇警察部は、大坂商船の慶運丸を石垣港から現場に急行させた。翌朝、慶運丸に救助された後、乗員、乗客一同は基隆に向かった。米澤　滋は、救助のボートに乗る直前、もう二度と訪れることのないと思われた魚釣島の石を五、六個拾い、記念としてポケットに入れ持ち帰った。

米澤　滋の長男によると、まだ子供の頃、座敷の床の間に魚釣島で拾った石が飾ってあったそうである。米澤　滋が思った通り、二度とこの島を訪れることは無かった。ただ近年になり大蔵省関税局長だった長男の米澤潤一が職務で海上保安庁機に乗り、この尖閣列島上空を飛行したことがあった。

米澤潤一はこの千載一遇の機会に、機上から魚釣島の写真を撮り、病床の父親にみせたところ、父親は若いころの忘れがたい経験を思い出したのか、食い入るように写真に見入っていたそうである。米澤潤一の実家のアルバムには、魚釣島の海岸に横たわる阿蘇号の機体と緑繁る島の様子のほか、救助後に訪れた台北の台湾神社の写真が残されていたとのことである。

現在この台湾神社の跡地には、中国の宮殿を模した壮麗な圓山大飯店が建てられている。もともとこの場所は、風水学的には龍の頭で、此処で何か異変が起きると、台湾に大きな異変が起きると言われている。

戦時中の昭和十八年のことである。ある風水占師が「台湾神社が消滅する」と占った。不穏な発言ということで当局の聴取を受けていると、果たしてその一年後のことである。昭和十九年十月二十三日、軍用機が墜落して神社の新社殿が消失してしまった。

そこで、この風水占師は無事放免されたのであるが、この評判を聞きつけた海軍の高官はコッソリこの風水占師を訪れ、日本はこれからいったいどうなるのか尋ねたそうである。そこで、どんな占いの結果が出たか定かではない。

この風水占師を密かに訪れた海軍の高官は誰であったか、ことによると、長谷川 清総督本人かその命を受けた側近であった可能性が高い。

将来ここで何か異変が起きたとき、台湾に何が起きるのかと有吉が尋ねると、ある台湾人はグッと声をひそめて「国民党による台湾統治終焉」ではないかと予言する者もいた。

街を散策していると、緑色の旗を随所で見かけた。台湾民主進歩党の党旗である。かつての違法政治団体がこうして堂々と党旗を掲げているのをみると、時代の変化を感じないわけにはいかなかった。彼らが政権を掌握するかどうか、今は誰にも分からない。

台湾の中部に濁水渓という常に濁った水が流れている河がある。台湾史上二回にわたり、この濁流の水が澄んだことがあるそうである。一八九五年、清国が台湾を日本に割譲した時と、五十年後の一九四五年日本が無条件降伏した時の二回と言われている。次にこの濁水渓の水が澄むのは何時なのか、そしてそのとき台湾に何がおきるのか、台湾の巷で密かに囁かれているのである。『台湾人四百年史』という史 明が著した歴史書を紐解くと、次のような記載がある。「明、清の時代、大陸から多くの人が台湾に渡って来た。だが当時の台湾はマラリヤとデング熱が猖獗し、毒蛇と生蕃が住む島である。七人が大陸から台湾に渡ってくると、三人は死に、三人は留まり、一人は大陸に戻るとさえ言われていた。この当時の台湾住民の平均寿命は、三十歳代ともいわれている。

このような僻地であるから、大陸から台湾に渡って来るような女性は少なかった。生き残った男性の多くが、現住民の女性を妻としたのは、ごく自然の成り行きである」

また後年、国民政府の大陸失陥に際して、大陸から渡ってきた軍人の多くも、山地原住民女性を妻としている。このような経緯は、我々日本人に、大和民族形成について一つの示唆を与えているように思われる。即ちこの二千年来、平和的な交易往来以外に、大陸や朝鮮半島に動乱が起こる度に、多くの難民が日本列島に渡って来たものと考えられる。

彼らの多くは、高度な大陸文化をもたらし、混血を促したであろう。日本民族が、何時どの様に形成されていったかについてはいまなお定説は無い。しかし日本人が、明らかに南方的特色と北方的特色の両方を有していることを鑑みると、台湾の歴史は、我々日本人の起源について、一つの暗示を与えているように思われる。もし将来、台湾民族というものが形成されるならば、今まさに有吉の目前で、醸成されていると言えるのかもしれない。一千三百年前、日本人の祖先が「百済人か大和人か」と葛藤したように、今日、台湾の人々も「中国人か台湾人か」自問自答し始めているのかもしれない。

昭和十九年に起きた軍用機墜落事故の模様を良く覚えている古老がいた。この人は大正町すなわち、今日の飲み屋街となった林森北路に住んでいたそうであるが、ある日のこと、松山空港を飛び立った飛行機がバランスを失ない、フラフラになったかと思うと、そのまま、台湾神社に突っ込んだそうである。

ただ、昭和二十年の終戦直後にもチャンドラボースの乗った飛行機が日本に向かう途中、やはり松山空港で墜落しており、この墜落事故と混同している古老も少なくなかった。終戦直前の台湾には、軍人十七万人、民間人三十二万人合計約四十九万人の日本人が住み着いていたそうである。

当時の台湾全島の人口は六百六十万人であったからおよそ七%の比率である。また一人当たりのＧＤＰは国内平均を凌駕し、日本語の普及率は七十一％に達していた。

郭　中端著の『中国人の街づくり』によれば、戦後、大陸の福州から渡って来た中央信託局に勤務する彼女の父、郭　超南が台湾に赴いたとき、言葉は全く通ぜず、台北の街は大陸とは全く面貌を異にし、まるで外国のようであったと記している。

一方本省籍の金　美齢女史の手記によると、女史は有名な台北第一女子高級中学の卒業であるが、在学中の授業はもちろん北京語であったが、休み時間は級友とごく自然に日本語でお喋りしていたそうである。

さて、その台北も戦後半世紀経った今日、すっかり近代的な大都会となっていた。かつて四十万人都市といわれた街は、周辺の市まで含めれば、実に四百万の大都市に変貌した。しかしながら、それでも一歩裏通りに入ると数多くの日本家屋が残されていた。

郭　中端によれば、これらの日本家屋は戦後、接収され日本人が退去したのち、国有財産となり官吏の宿舎になったものが多い。

このため住む人が変わっても、外見を変えずにそのまま残ることとなった。日本と縁の薄かった外省籍の人々が、こうした日本家屋に住むことになったのは、真に皮肉なことである。有吉の知る限りでは、台北の日本家屋は和平東路あたりが非常に多く、建国北路、信義路、南昌街、済南路付近にも、幾つか見ることが出来た。

料理研究家で著名な有吉の岳母は台北育ちであり、寧波西路と牯嶺街口付近の陸軍倶楽部の南側に昔自分たちが住んでいた家を見つけた。

この家は岳母の父、池田卓一が三井物産台北支店長時代に建てられたもので、戦後しばらく何 應欽将軍が住んで居たそうである。現在は物資局と門柱に大書してあり、かなり荒れ果てた状態となっていた。

彼女の記憶によると、現在陸軍倶楽部となっている裏手の邸宅には、その当時、畑 俊六台湾軍司令官（当時陸軍中将）が起居し、そのご子息の畑 五郎氏と一緒に台北師範付属小学校に通学していたとのことである。

同級生のなかには、鈴木貫太郎（終戦時の首相）の孫にあたる足立元彦氏のほか、著名人の子弟が多かったそうである。

さてこうした因縁のある日本家屋はいずれも、築六十年以上経過しているので遠からず、取り壊しとなってしまうであろう。異国での単身赴任生活は無聊そのものであり、夕闇に佇む日本家屋は、あたかも誰かが、そこで自分を待っているような、いいしれぬ郷愁を感じた。

台北には、三軒の畳屋があった。（八徳路、承徳路、南京西路）畳は、榻榻米と中国式の発音で、当て字をしていた。畳屋の顧客は日本料理屋だけではなかった。ごく最近建てられている四十坪以上の大型マンションには和室があった。駐在員のなかにはベッドで寝られない人もあり、畳を何枚か買い込んで日本式の生活をする人もあった。

社有車による通勤をしていると、どうしても運動不足になりがちである。秋の深まりと共に、有吉は車に乗らず歩くことを心がけた。

休日は郊外に出かけ、木柵の指南宮や内湖の碧山巌を散策した。指南宮に通じる旧道の両側には、日本式の灯籠が並んでいた。いずれも昭和十四年頃のものが多かった。昭和の部分をセメントで塗り潰してあったが、よく見るとなかには、読み取れるものもあった。

長い石段を登りながら、行き交う人々の会話を横で聞いていると、若い人々は中華民国十四年のものと思い、セメントで塗り潰している意味が全く判っていない様子であった。また特に珍しいものでは、皇紀二千六百年と記した彫像もあった。指南宮一帯は茶畑が多く文山茶の産地としても有名であるが、近年この辺りを宅地造成し、昔の美しい光景が台無しになってしまったのが惜しまれた。

碧山巌は内湖路から山道を登り、歩くこと三十分、滴るような緑の山腹に聳える南中国式の紅い廟は、周りの風景と絶妙のコントラストをなしていた。

碧山巌付近には圓覚寺という禅寺があった。有吉の故郷の鎌倉円覚寺と同じ名前なので、思わず名前に惹かれて行ってみると、樹林に囲まれた崖に小さな山寺があった。指南宮、碧山巌は、ともに半日で気軽に行く事の出来る絶好の散歩コースであった。有吉は陽明山にも数回散まってしまった。

策したが、炎天下に四時間かけて士林まで歩いて下りてきた時は流石にぐったりとなってしまった。

陽明山公園の中には、社の跡と覚しき所が残っており、その前には、小さい石の鳥居が残っていた。陽明山周辺には日本時代に建てられた別荘が所々に残っており、辺りの箱根のような風景に、異国に居ることを忘れる程であった。

台北周辺の山々は意外と深く、その深山幽谷のたたずまいに、思わず家から遠い所に来たような感覚を持った。実は車の渋滞さえ無ければ、僅か三十分で来られるのであるが、この錯覚はいつまでも変わることは無かった。

多忙で郊外まで行かれない時は、市街を散歩した。ある日のことである。民権東路と松江路の交差する一角にある行天宮という孔子廟にいくと、線香を売る屋台や占い師が地下道にひしめいていた。

占い師の小さな机には、「二百圓」という代金表示のほかに、「日語可」という札を立てているものもあった。有吉が近づくと、日本語で「占いは如何ですか」と声を掛けられた。現地のビジネスマンと全く同じ格好をしているのに、日本人と看破されることに驚いた。

思わず二百元を財布から取り出し、恭しく机の上に置くと「お願いします」と一礼した。

初老の占い師は、まず有吉の額をメガネで仔細に観察すると、次は有吉の両手を手に取りじっと見入った。占い師の手が何故か、小刻みに震えているのが感じられた。占い師は再び有吉の顔をしげしげと眺めると、やがて意外なことを口にした。「私にはとても貴方を占うことは出来ません」と一旦は受け取った金を丁重に押し戻した。完璧な日本語であった。有吉は狐に摘まれたようにその場をあとにした。だが押し戻された二百元はそのまま机に置いてきた。

その晩、有吉はアパートの白い天井を眺めながら、あの占い師の言葉を反芻していた。あの占い師はなぜ「私にはとても貴方を占うことは出来ません」と見料を戻そうとしたのであろうか。二つの理由が考えられた。一つは自分に恐ろしい凶相が出ていて、敢えて口にするのを憚かったからであり、もう一つは、あの占い師の言葉どおり、自分の運勢が彼にとって本当に予知不能だったのかもしれない。

有吉は小西久遠の言葉を思い浮かべ、自分に凶相が出ている筈は無いと信じたかった。だがいずれにしても、ここは外地である。単身で外地に駐在する以上、あらゆる面で細心の注意をはらうことが必要であると思った。

あの初老の占い師は、何時もあの行天宮の地下道にいるに違いあるまい。どうしても気になるならば、もう一度確認してみる術もあるのではないかと思われた。こう思うと、いてもたってもいられず翌週の昼下がり有吉は再び行天宮の地下道に赴いた。

あの初老の占い師は同じ場所にいた。疑問を訊ねるつもりでここに赴いたものの、有吉が思わず気後れして、その場を通り過ぎようとすると、占い師は「お待ちなさい」と日本語で有吉を呼び止めた。「今日、貴方がまた此処に来られたのは、ご自分に何か良からぬ運気が出ているのではと思われたからでしょう。そのご懸念には及びません。貴方はとても強い運気をお持ちです」と切り出すと、背もたれの無い小さな椅子に座った有吉をじっと見据えると、占い師は、ゆっくりと諭すように話し始めた。「貴方は生まれながらと言ってよいかと思いますが、優れた能力をお持ちです。これが貴方の強い運気を支えています。単に頭脳が優秀な人間はほかに幾らでもおります。しかし貴方には、私自身よく説明できませんが、ある不思議な守護霊が宿り、それが貴方を守っているのです。危険の予知には様々なものがあります。貴方はビジネスマンとして駐在されているのでしょう。ですからビジネスにおけるリスクはもちろん、交通事故、そして悪い女を無意識のうちに避けることも含まれるかもしれません。ですが、今の私にはそれ以上のことは申し上げられません」

有吉が財布に手を掛けようとすると占い師は「お金は先日頂いております」と固辞した。疑問は解けた。自分に凶相が出ていたわけではないのである。ひとまず安心である。

有吉は行天宮から、民権東路に沿って東に向かうと、程なく栄星花園に至った。栄星花園の散歩道をゆっくり歩きながら、その昔叔父の岡田章雄に連れられて就職の相談をした小西久遠の言葉を思い出していた。

あれからもう二十五年も経っている。「ゆくゆくは海外勤務などもあるかもしれませんが、今後ともご自身の判断を信じて努力を重ねられますように」と語った小西久遠と行天宮の占い師の言葉とを重ね合わせていた。時と場所は異なるが、両者は同じことを示唆しているように思えてならなかった。

一般的に海外駐在員、特に現地代表者は、本社勤務と異なり自らの判断で行動しなければならないケースが多い。これからの駐在生活で様々な事態に遭遇することになるであろう。いずれ二人の占い師の示唆が何を意味するか明らかになってくるであろうと思われた。

ある日のこと、有吉は駐在保守員を伴い中山科学院を訪れた。吉岡が帰任してから初めての訪問である。前回の訪問と同じように、武装した兵士による厳重な警備と徹底したセキュリティチェックに思わず緊張した。ゲートまで出迎えに来たコンピューター室員に導かれて、三階のコンピューター室に向かった。

部屋の片隅にある応接セットのソファーに案内されると、すぐに王 志強室長とチーフスタッフがやってきた。

幸いM200は問題なく稼動しており、特に話題には上らなかった。有吉はまず始めに前回訪問した際に約束した漢字プリンターの見積書を提出した。見積書には一括買取価格と五年リースの価格が併記されている。

いずれも標準価格の二十五％引き価格である。有吉が見積書の説明を始めようとすると王室長はそれを制した。どうも余り興味はなさそうである。どうやら何か別の用件があるように思われた。


王「見積書は後ほど検討させていただきます。問題が無ければすぐに注文書を出します。

さて本日は折角来られたので、現在計画中の新しいシステムについてお話いたしたいと思います。入札形式ですので是非貴社からも提案書（プロポーザル）の提出をお願いしたい。このシステムは物品管理を目的とするもので、全台湾八十七ヵ所のセンターに端末を設置し、軍の補給物品の一括管理を図ろうとするものです。詳細については今度システム開発を担当する者をそちらに遣りますので対応していただきたい。その者は日本語が堪能なのでコミュニケーションは問題ないと思います」


と流暢な英語で切り出した。誤解を避けるために概要を日本語で説明してくれるのである。まことに有難い話であるが、察するに、自分の英語レベルが充分でないと思われているに違いあるまい。海外担当のビジネスマンとして今の英語レベルでは失格なのであろう。ここ台湾だから許されるが、他の国ならば当然アウトである。更なる向上が必要である。

さて王室長の話によれば、計画されているシステムは軍のロジスティック、即ち兵站管理に供されるのであろう。いわゆる直接の軍事用途ではないので、かつてのM２００のような問題は無いものと思われた。

しかしながら、あれから既に五年も経っている。日本政府の輸出許可がすんなり下りるかどうか再度確認する必要があるように思われた。

有吉「分かりました。いろいろな検討事項があるように思われますので、一度お差支えない範囲でお話を伺いたいと存じます」

有吉は英語が苦手ではないが、このあたりの微妙なニュアンスを英語で伝えるのはなかなか難しいものであると痛感した。

この日の打ち合わせは一時間余りで終了した。有吉と保守員は、待たせていた会社の車に乗り事務所に戻った。その日の午後、さっそく徳華科技股份公司の廖　茂生という男から電話がかかってきた。

近日中に、中山科学院の王室長から依頼のあったシステムの打ち合わせをしたいというのである。計算機室のチーフスタッフと共に台北の大同富士電脳の事務所に伺いたいのでアレンジしてもらいたいとのことである。

五百万米ドルを優に超える大きな商談になることは間違いない。有吉は舞い込んだ大型商談に胸を躍らせた。ここで一発クリーンヒットを打ちたいという願望がムラムラと湧き上がってきた。

だが一方、有吉の脳裏にはあまりにも旨い話に「これは自分自身の努力で引き寄せたものではなく、単に舞い込んできた商談に過ぎない」と自制を促す声が聞こえてきた。どこかに落とし穴があるかもしれないので、まず先方の話をよく訊いてみようと思った。数日後、徳華科技股份公司の廖　茂生という男が大同富士電脳公司の事務所にやって来た。廖　茂生に商談概要を聞くと、次のようなもので、やはり大きな問題をはらんでいた。
(一) システムの概要は入札仕様書記載のとおり軍向の兵站管理システムである。
(二) 政府商談なので輸入関税を免税とするため東京本社との直接契約とする。
(三) 台湾側の契約窓口は政府の調達機関である中央信託局となる。
(四) 日本と台湾でそれぞれ五パーセントの販売協力金を指定口座に振り込むこと。
システムそのものは日本国内においても広く使用されているもので特に障害となるものはなかった。問題は(四)の販売協力金である。しかも半分は前払いしなければならない。これが商談工作資金であることは想像に難くない。

そもそも富士電子工業も大同公司もこの種の商談に慣れていない。両社とも真面目すぎるからである。少なくとも両社は、この種の商談に直接手を染めることは決してあり得ない。

商談の規模からして、この怪しげな販売協力金は五十万ドル以上となる筈であるから、単なる支払い手数料で処理することは不可能であろう。ならばソフトウェアの開発委託費とかシステムサポート費の名目で支払わざるを得ない。実体の無い多額な開発委託費の前払いについて東京本社側はおそらくノーであろう。裏口入学詐欺と同じように、お金だけ受け取ってドロンということも考えられる。

この商談について、まず李 進智総経理に意見を聞いてみようと思った。李総経理の答えは極めて明快であった。「一昔前なら兎も角、今日の台湾ではこのようなことが永遠に露呈しないわけが無い。内部の勢力分布に変化が生じた途端、一網打尽ということになるだろう。その際、我々は知りませんでしたと言っても弁解は難しいであろう」と李は否定的である。有吉は念のため自分自身で徳華科技股份公司の素性を確かめてみようと思った。

名刺の住所は南京東路三段２２３号と記載してある。ビジネス街の一等地である。有吉がそこを訪れるとビルは実際に存在した。

だが、一階の警備員に尋ねると、徳華科技股份公司なるものは存在しないという。そこで総務課の李 麗芬に依頼し、統一編号という納税者番号をもとに検索してもらうと、登記上は徳華科技股份公司なるものは確かに実在していた。

秘書に電話を掛けさせると、若い女の人が電話口に出た。だが廖 茂生はいつも不在で、必要ならば戻り次第、連絡するとのことである。

ペーパーカンパニーの可能性が濃厚である。おそらく徳華科技股份公司はどこかの会社に間借りしている実体の無い会社なのであろう。胡散臭い商談であることは明らかである。だが、中山科学院の王室長から紹介された商談である以上、旨く断らなければならない。

どの様な理由で断るべきか。その晩有吉は行きつけの「京」というクラブのカウンターで水割りを飲みながらそのことばかり考えていた。

有吉には二つのアイディアが浮かんできた。一つは応札価格を高くして落札を避けることであり、もう一つは、日本政府の輸出許可に時間が掛かり、所定の納期に間に合わないので応札を辞退することであった。

事実、中山科学院の商談のように、軍向け商談については、輸出許可申請前に通産省に調書を提出し、事前審査を受ける必要があった。審査に要する期間についても明確な規定が無く、すべからくお役所次第というものであった。

有吉の眼から見ると、この商談そのものは胡散臭いが、廖 茂生は事情を話せば分かってくれる人物のように思えた。

そこで有吉は日本政府の許可取得を理由に辞退する方がベターではないかと思った。様々の思索を凝らしていると不意に有吉の傍らにホステスが座った。

理恵という二十代後半の女である。このクラブでは看板の美人ホステスである。有吉の会社担当ではないので、普段はめったに有吉の席に来ることは無い。政治大学出身とのことで、頭の回転は抜群で日本語はビックリするほど上手かった。

理恵「有吉さんコンバンワ」

こうして近くで見ると、さらに美しく映えて見えた。このクラブの客の中には彼女と寝た者がいるに違いないと思うと、妙に悩ましかった。

その彼女が意外にも「今日お店が終わったら、宵夜でお食事をしない」と耳元で囁いた。今日は彼氏が不在なのかもしれない。

どうせ単身赴任である。遅く帰っても誰も咎めるものもいない。看板ホステスと食事に行くのも悪くは無いと思った。だが有吉は急になれなれしく接近してきたことが妙に気になった。直感的にこの女はタチの悪い女なのではないかと危惧した。もちろん何の根拠もなく、単なる直感に過ぎない。

有吉は反射的に「明日は早いので今日は此れで失礼する」と勘定を済ませ店を出た。店を出て夜風に吹かれた途端、有吉は我に返った。千載一遇のチャンスを逃したと悔やんだ。だがもう後の祭りである。ここ一番、積極性に欠けるところが、公私にわたり災いをもたらしているに違いあるまい。

その晩、有吉は寝室の白い天井をながめながら、どうしたらこの欠点を克服できるか思案していた。既に自分は四十の半ばを過ぎている。そもそもこの欠点は病弱であった自分の生い立ちにも関連しており、その克服は容易ではない痛感した。

だが事態はおもわぬ方向に展開する。その数日後のことである。有吉は再びクラブ「京」に赴いた。この日理恵はいなかった。

もう一人の看板ホステスが有吉の側に座った。そのホステスは二十代半ばの黄 美鐘という女性で、店では「妙子」と呼ばれていた。「妙子」は有吉の会社を担当している狐目の活発な女性である。

若いにもかかわらず日本語はかなり上手かった。有吉はさりげなく「今日は理恵が居ないね」と尋ねると、「お客さんとトラブルになったので、やめてもらったそうよ」というではないか。

「妙子」がその経緯を語り始めた。

妙子「あの理恵がネ、お客さんから十万元を無心したらしいの。そのお客さんがママに言いつけたそうよ。お店でこうしたトラブルを起こしたらクビよ。それに政治大学卒というのも大ウソで、政治大学の近くに住んでいるだけだったの。そのお客さんとは一度だけ寝たらしいけど、十万元は太過分、『太過分』は日本語で何て言うの」

有吉「太過分とは、過分すぎる、つまりやり過ぎという意味だろう」

有吉は妙子の話を聞き、危ないところであったと胸をなでおろした。理恵は店をクビになるついでに、有吉からも金を無心する積もりだったのかもしれない。

君子危うきに近寄らずとはまさにこのことであると思った。とくに合弁会社の場合は、常に他人の眼を意識しなければならない。男女間のトラブルにより任期途中で帰任させられた駐在員は多い。帰国した後、悲惨な運命が待っていることは言うまでも無い。

あの晩、有吉は自分の積極性の無さを嘆いたが、ことによるとあの判断は正解であったのかもしれないと思った。さて翌日、有吉は徳華科技股份公司の廖 茂生と食事をしながら事情を説明しようと思った。例の商談を辞退するためである。電話を掛けると廖は相変わらず不在であったが、言付けを依頼するとすぐに返信があった。

有吉はその夜、福華大飯店の「海山」という日本料理屋に廖を呼びだした。日本には「海山」という屋号の日本料理屋はまずないであろう。「海千山千」を連想させるからである。廖はいかに日本語が堪能といっても、そこまで気を回すことは無いであろう。廖の杯に日本酒を注ぎ、つまみの刺身をつつきながら有吉は次のように切り出した。

有吉「先般、ご説明いただいた商談につきましては、早速東京側とも打ち合わせました。現在通産省の輸出管理は厳しく、最終仕向け先が軍向けならば、全て審査対象になるとのことです。これは共産圏に限らず自由圏に対しても適用されているそうです。今度の商談は、予算措置の関係で納期が厳しく、当方としては所定納期までに出荷できるお約束が出来ません」

有吉は廖　茂生がどの様な反応を示すか、じっと表情を窺ったが、意外にも彼の反応は至極あっさりとしたものであった。

廖「分かりました。はっきりおっしゃっていただいて却って助かります。本件は年度内予算に計上されており、年度内に出荷されないと予算が流れてしまうのです」

有吉「部外者の私がこんなことを申し上げるのは何ですが、台湾防衛の視点から鑑みると、アメリカから購入した方が、将来の武器購入を円滑にするためにも好ましいのではないでしょうか」と有吉が訊ねると、廖は急に相好を崩した。

廖「ミクロ的には確かにそうかもしれません。しかしながら一国の防衛力は、武器だけで測れるものではありません。コンピューター利用技術の向上という観点からみると、最先端技術を有する会社と関係を維持することは、単に武器を購入する以上に意義あることかもしれません。高度な科学技術と生産力があれば、経国号のように高性能な戦闘機を自主開発することが出来るわけです。それに、アメリカが未来永劫台湾を守ってくれるという保証はありません。そのことは日本についても同じことが言えるのではないでしょうか。台湾の人々は大陸とはいつか、そして何らかの条件下で取引をしなければならない時期が来ると思っています。もっとも確実で有利なタイミングを模索していると言って良いのかもしれません。好むと好まざるにかかわらず、すでに台湾経済は大陸を抜きに存在し得ないからです」

有吉「ところで台湾防衛に関することなのですが、一九四五年台湾にいる日本軍は十七万でした。当初、アメリカ軍は台湾攻略を意図し検討を始めたわけですが、台湾の山々は峻険で谷は深い。アメリカの機械化部隊には不向きである。台湾を攻略するとなると、正面で五十万人、後方支援を鑑みるとさらに五十万の兵を動員しなければならないことが判明した。いくらアメリカでも台湾攻略は断念せざるを得なかった。結局戦後を睨んだ政治的な側面もあり、アメリカは沖縄に向かったのです。もしアメリカ軍が、台湾に上陸していたら、日米両軍の間に入った台湾の人々は塗炭の苦しみを味わったに違いないでしょう。想像するだけでも身震いするほどです。戦後の日台関係を鑑みると、胸を撫で下ろさずにはいられません。さて、今日台湾の正規軍は四十万人です。予備役を加えればもっと多くなる筈です。もし大陸政府が台湾を攻略するとなると、正面で百万人と後方支援で百万人の兵を動員しなければならない。また、海空軍については遥かに台湾が優勢である。したがって、大陸の台湾への武力侵攻は不可能である。大陸にとって出来ることは、核ミサイルによる恫喝と、混乱に乗じたゲリラの潜入による攪乱であろうと我々は思っています。結論としては台湾への軍事的な侵攻はなく、懸念すべきは政治的な攻略だと思います」

廖「我々も貴方と同じような認識をもっていますし、その準備は出来ていると思います」

ここで有吉は一息ついてさらに話を続けた。

有吉「中山科学院のコンピューターM２００の使用状況や先般の新聞記事から推察すると、台湾には極めて限定的ではあるが、核とその運搬手段を保有しているというのが一般的ではないですか。とくにミサイルについては、その気になれば全世界何処にでも打ち込めるほどの技術があるとのことです、故宮博物院の裏山には、ミサイル基地があると聞いています」

廖「私はあの新聞記事以上のことを知りうる立場にはありませんが、あれが真実かデマか、いずれにしても、このあたりは国家にとって一級の機密事項ではないかと思いますよ。有吉さん、ほかの人間とはこのようなお話をなさらぬ方が良いと思います」

たしかに此処は日本ではない。吉岡が忠告したように、それなりの言動に対する配慮が必要であると思った。だが、有吉はそのまま話を続けた。

有吉「幸い中国人も台湾人も賢明だから、矛を交わすようなことはないと思いますよ。昔の日本のように愚かな選択することは無いと確信しています。ソ連のジューコフ元帥は、日本軍の下士官と下級将校は極めて優秀だが、政治家や軍中枢、将官連中は驚くほどレベルが低いといったそうです。もっとも、ジューコフ元帥ですから、日本陸軍に対する評価です。日本海軍はどうなのでしょうね」

廖「日本海軍も似たようなものですよ」

有吉は酒が入りほんのり酔っていたが、廖 茂生の一言を聞き逃さなかった。

廖 茂生は何故「日本海軍も似たようなものですよ」と断定的に語ったのであろうか。廖の日本語のレベルから察すると、日本教育を受けた本省人に違いあるまい。

あの口ぶりからすると、日本海軍に籍を置いたことがあったのかもしれない。有吉はその疑問はおくびにも出さず、さりげなく話題を変えた。

有吉「ところで、ソ連のスターリンは日本人についてこんなことを言っています。一九四四年七月のことです。モスクワを訪れた蔣 経国はスターリンに日本降伏後、外蒙古を中華民国に返還するように求めました。しかし、スターリンはイエスとは言いませんでした。蔣 経国はなおも食い下がりますと、スターリンは『もし戦後日本をアメリカに委ねたならば、日本は五年以内に立ち上がる力をつけるであろう。それは、日本軍国主義は軍事力により消滅させることが出来たが、日本民族の力は決して消し去ることは出来ない。もし日本が再興し外蒙古からシベリヤ鉄道を分断すれば、ソ連はおしまいだ。ゆえに外蒙古は中華民国には返還しない』と答えたそうです。スターリンは言外に日本民族は優秀であるが、指導者は愚かだったと言っているのかもしれません。また反対に、民族が民族の誇りと、そのバイタリティを失ったとき、その民族は滅びることを示唆しています」

有吉「もちろん、スターリンは日本の再興を口実に、外蒙古を中華民国に返還したくなかったことは言うまでもありません」

廖「なるほどそうですか、ところで当時の中華民国とソ連の関係は、現在の中華人民共和国とロシアとの関係にそのまま引継がれているというわけですね」

有吉「吉田 茂によりますと、スラブ民族と漢民族は決して相容れないそうです。中ソ友好を高らかに謳っていても、絶対に永続するものではないと断言しています」

廖「たしかに中国はロシアと長い国境線で対峙しており、常に緊張を感じているのは事実です。この緊張を感じつつ、台湾問題を何とか解決しようとしているのでしょう」

有吉「ところで話は両岸関係に戻りますが、台湾がその経済力と国際社会に対する貢献からも、それに相応しい国際的な地位を得ることが望ましいと思っています」

廖「私は大陸政府が、むしろ積極的に台湾の国際社会への復帰を促すことが、最も賢明な道ではないかと思っています。はっきりいえば、大陸が台湾の独立を支援するということです。これは将来的に両岸関係が今日の英米関係のようになることを意味します。これにより中華民族として国連での発言権を増すことにもなります」
有吉「ただどうでしょう、あの教条主義的な国ですからね。よほど英知ある指導者が出現しないと無理でしょうね。実は昔、中嶋嶺雄という学者の講演会で台湾の将来について質問したところ、残念ながら二十一世紀になってもこの状態は変らないと断言していました」
廖「しかし有吉さんは、いろいろ御存知ですね。終戦のとき、お幾つだったのですか」
有吉「私は民国三十三年即ち昭和十九年生まれですから一歳です。私には戦争の記憶はありません。かすかな記憶として、裏山に飛行機が火の玉となって墜落したのを見たような気がするのです」
廖「ごく最近のことですが、台湾東部の山中で日本軍機の残骸が発見されたそうですね。中に一柱の人骨があり、丁重に荼毘に付された後、日本に返還されたという新聞報道がありました。遺骨は一人とのことですから戦闘機でしょう」
廖「台湾でも報道された記憶があります。戦闘機ではなくて天山という艦攻」です。
有吉「艦上攻撃機ならば三人乗りのはずですが、二人は助かったのでしょうかね」
だがこの質問に廖は答えることは無かった。
ちょうどこのとき一群の白人観光団がどやどやと店に入ってきたからである。既に二時間が経っている。廖は高齢である。有吉はそろそろお開きにしようと思った。

有吉「今回の商談は残念ながら、そんな事情で応札できませんが、今後ともいろいろお話をお聞かせください。本日は貴重なお話を有難うございました」

廖「こちらこそ、これからも商売抜きでお付き合いできれば幸いです」

今回の商談は東京に一切知らせることも無く、消滅させてしまった。

だが、もし東京側に報告をしていたら、どのような展開をしたであろうか。おそらく議論百出で収拾がつかなくなり、結局は納期を守れない結果になったであろう。

さてその晩、有吉は真っ直ぐアパートには戻らなかった。緊張をほぐすためマッサージをしてもらいに、行きつけの「冠天下」という理髪廳に赴いた。ここは目抜き通りの南京東路二段にあり、前任の吉岡が紹介してくれたところである。

実は赴任当初、有吉は散髪をするため家の近所にある地下街理髪廳と書かれた店に入ったところ、何だか様子が変である。大きな鏡はあるが、シャンプーすら置いていない。椅子には可愛い小姐が何人か座っている。彼女達は呼ばれる度に、次々と傍らの真っ暗な部屋に姿を消してゆく。

有吉が「理髪、洗頭」と言うとビックリした顔で、「一寸待て」と言う。待つこと数分、男の理髪師が道具一式を持ってやって来た。この理髪師先生の腕は確かであったが、ニヤニヤして曰く「先生、この店はマッサージ専門、『解決男人的疲労』即ち、男の疲労をとるマッサージだよ」と言われた。それ以来、散髪、マッサージは吉岡の紹介してくれた安全な「冠天下」に行くことにしたのである。

理髪廳で二時間程マッサージして貰うと、羽化登仙、体がバラバラになって軽くなったような気がした。マッサージというものは不思議なもので、セックスと同じように相性というものがあり、吉岡がよかったからといって、有吉にもよいとは限らない。

だが多くの場合、彼女達の黄金の指は、初めての客でもツボを探し当て、その虜にしてしまうのである。その技術は、到底日本の按摩の比では無いのである。なかにはビックリするほどの美人に出会ったこともあるが、却って気になって眠ることも出来なかった。

美容院や理髪廳の入り口には近所の犬がゴロ寝をしていた。犬は暑さが苦手である。亭子脚のコンクリートが冷えて、客が出入りする度に冷気が流れてくる美容院や理髪廳の門前が涼しいことを良く知っているからである。犬には鎖がついていないが、何処かにいってしまうことはないようである。さらに驚くべきことには、犬が道路を横断する場合、ちゃんと信号を守って横断していることである。犬は夜行性であるから、紅緑の識別は出来ない筈である。本件について何人かに訊ねたところ、犬は信号機の紅緑を認識しているのではなく、交差点全体の状況を判断して横断しているのだという答えが多かった。人間の後ろに付いてくるのならともかく、人が誰も歩いていない青信号の横断歩道を犬がトコトコと横断している様子はまさに驚嘆に値する。

マッサージをして貰いながらこの話をすると、そのマッサージ嬢曰く「なるほど、確かに台湾の犬は賢いかも知れません。しかし、日本のカラスはもっと賢いそうですね。日本のカラスはゴミが出る曜日をちゃんと知っていて、その曜日になると、暗いうちから何やらカァカァと騒いでいるではないですか」理髪廳を出て夜風に吹かれると、別な世界にタイムスリップしたかのようである。家に戻りベッドに横たわると、不眠症の有吉も朝まで死んだように眠りこけた。

ある日の昼下がり、中山科学院の王 志強室長から電話が掛かってきた。桃園から別件で台北に出てきたので、都合が良ければ、是非有吉に会いたいというのである。相手は最重要顧客である。よいも悪いもない。有吉はすぐさま指定された圓山大飯店の脇にあるレストランに向かった。レストランに着くと、席には王室長の他、もう一人同席者がいた。徳華科技股份公司の廖 茂生であった。例の辞退した商談の件かもしれない。あれから情況に何ら変わりはなく、よい返事が出来ないので有吉は頭が痛かった。だが、王室長は、あの兵站管理システムに言及する様子は無さそうである。コーヒーを一口飲むと、まず徳華科技股份公司の廖 茂生が話を始めた。

廖「有吉さん、本日は別な商談を持ってきました。今度は入札ではなく業者指定です」

廖の説明によれば、今度の商談概要は次のようなものであった。

（一）システムの概要は台湾電力に納入している請求書発行システムとほぼ同等である。

（二）最終顧客は国防事務センターで、用途は召集令状の発行業務である。

（三）アプリケーションソフト開発は、すべて徳華科技股份公司が請け負う。

（四）政府商談なので輸入関税を免税とするため東京本社との直接契約となる。

（五）台湾側の契約窓口は政府の調達機関である中央信託局となる。

大同富士電脳公司は台湾電力に請求書発行システムを納入している。このシステムは台湾の六百万世帯に対する電気料金の請求書を発行するものである。召集令状発行の場合、膨大なデーターベースを構築する必要があると思われるが、送付先を個人名とすれば、システム的には全く同じであり、問題ないはずである。おそらく台湾電力における稼動情況をみて自分たちを納入業者に指定してきたのであろう。

さて台湾は徴兵制を布いているが、有事の際には予備役を招集し、すぐにでも百万以上の軍隊を編成することが可能である。そのため、召集令状を迅速に印刷し、送付する体制を整えていなければならない。有吉は中山科学院の輸出許可取得を思い浮かべながら、この商談も日本国政府の輸出許可取得は、容易ではないと思った。今回の顧客は軍の組織そのものだからである。

だがそのとき、有吉の脳裏に、あるアイディアが浮かんできた。それは契約当事者を東京本社ではなく、大同富士電脳公司に変更してもらうことであった。大同富士電脳公司が日本からマシンを輸入し、然る後に国防事務センターに再販すれば、日本側からみると、最終顧客である国防事務センターは見えなくなる。

もちろんこの結果、輸入者は大同富士電脳公司となり、政府商談として関税の減免措置は受けられなくなる。当然これは自分たち大同富士電脳公司が負担しなければならない。幸い今度の商談は入札ではない。輸入関税については、販売価格に潜り込ませれば済むことである。

そもそもこの行為は輸出管理上、仕向け先変更に該当し、日本国政府の許可を要するが、実態はしり抜けなのである。その最大の要因は、相手国内の取引にまで、日本国の法律が適用できないことにある。事前に仕向け先変更を知っていれば許可を要するが、知らなければ、アウトオブコントロールという極めてあいまいな部分があるからである。

有吉の提案に対して、廖は王室長と早口の北京語で何か会話していたが、すぐに納得したようである。これで商談成立である。

有吉は冷えたコーヒーを飲み干すと。内心ホッとした。だが、二人の様子から察すると、用件はまだこれで終りではないようである。「有吉さん、面白い記事がありますよ」と言いながら、廖は一冊の雑誌を差し出した。

見るとそれは、『全球防衛雑誌』六三号とある。見出しには、日本軍備専輯と書いてある。要するに日本軍備特集と邦訳すれば良いのであろうか。さらにページをめくると「潜在的核大国日本」と大書してある。なるほど有吉の興味をそそる内容である。

廖「この記事にも記載されていますが、日本の核関連技術は極めてハイレベルですね。何故かあまり公表されていませんが、アメリカは別として、英仏に匹敵するレベルとされています。特に高性能コンピューターを駆使した核反応制御に関する研究とかロケットの制御などは見るべきものがあるようです。ところで、有吉サンの会社は、日本の東海村の原研とか宇宙開発事業団にも納入されていますね。もし私どもにも提供できるような最新のアプリケーションソフトがあれば、紹介して戴きたいのですが」

有吉「第三者にも提供可能なものがあるかどうか調査する必要があります。原子炉の安全解析に係わるような、最新のアプリケーションソフトで第三者に提供出来るものがあるかも知れません。でも様々な条件下で核爆発をシミュレートするようなものとか、ミサイルの制御技術に関するものは、無いと思いますよ。この手のものは、兵器に直結するからです。日本にこの様なものが、ある筈はありません」

有吉は、半分冗談を言った積もりであったが、二人の眼差しは真剣そのものである。ヤバイ事を言ったかなと思ったが、そのまま有吉は続けた。

有吉「来月、日本に一時帰国する機会がありますので、その時ついでに調べて来ます。またもし必要ならば、システムエンジニアを東京から派遣して説明して貰うことにしましょう」

と答えた。有吉の返答に二人は大きく頷いた。

一ヵ月後東京で海外現地法人の販売管理会議が開催された。全世界に散らばる富士電子工業の現地の責任者が毎年一度、一堂に会する会議である。

会議は、管理会議と販売推進会議に分かれていた。管理会議は、各現地法人の損益報告が主な議題である。販売推進会議は新製品の発表が主題である。全世界の責任者が一堂に会して、特に何か討議できるものではない。この会議を口実に、駐在員を日本に一時帰国させてやりたいと言う親心かもしれない。事実、この一時帰国を利用して、免許証の更新をしたり、区役所事務や銀行の諸手続きをする駐在員も多い。また、遠地に単身赴任している者にとって、まことに貴重なものに違いあるまい。大同富士電脳からは、李 進智総経理と副董事長の有吉が参加した。

東京への土産としてお茶やカラスミを大量に買い込み、二人で手分けして持っていくことにした。関係する役員、大同富士電脳公司をサポートしてくれた人、これからサポートしてくれそうな人には漏れなく土産を持参することにした。

合弁会社は富士電子工業から見た場合、百パーセント自分の子供ではない。他の拠点に比べて、新製品の提供時期や販売価格も不利に扱われる懸念があった。社内でありながら、仕事をして貰うために土産物を持参する行為は、社員の心を荒廃させるかもしれない。しかし弱い立場の拠点は、こうしないと自分を守りきれないのである。

中華航空で羽田空港を利用すると、台北から東京の自宅までドアツードアで僅か六時間である。羽田の空港ビルを出ると、既に日はとっぷりと暮れ、秋風が吹いていた。有吉は李 進智総経理を銀座第一ホテルに送ると、そのまま自宅に向かった。台北に住んでいる者が一時帰国すると日本の街が、とても暗く感じられた。特にタクシーで羽田界隈を通り過ぎると、何故かうらぶれた感じがしてならなかった。

翌日、有吉は朝早く家を出た。日頃、社有車で出勤しているので、混んだ電車に乗るのは耐え難いからである。

さて大同富士電脳公司の業績は極めて順調なので、業績報告会議は問題なく終了した。赤字法人の責任者は悲惨である。根掘り葉掘り調べられ、とことん絞り上げられる。

この間、黒字法人の一時帰国者達は、様々な打合わせに時間を費やすこととなる。合弁のパートナー代表として参加した李 進智は、もはや何もすることは無い。有吉に全てを任せ、自分は知人宅を訪問したり、買い物にでかけたり多忙である。

有吉は中山科学院の王室長に頼まれた宿題も処理しなければならない。既に宿題の件については、事前に上司の三田に調査を依頼している。もうそろそろ、調査結果が出ている頃かもしれない。

東京の営業部門の雰囲気は、何時も同じである。今、誰と誰が一時帰国しているとか、まず誰の所に挨拶に行ったとか、皆それぞれ一心不乱に、パソコンに向かって作業をしているようであるが、実は横目でちゃんと見ているのである。

報告会、商談検討会議を開くと、各部署からビックリする程、多くの人が集まってきた。

しかし八割以上の者は、自分の所属長にどんな事が討議されたか報告するためだけに参加しているのである。決して彼らが建設的な目的で参加しているわけでは無い。その場で彼らに結論を求めると、一様に「持ち帰って上司と相談してから」と役人みたいなことを口にした。

そもそもコンピュータービジネスは、各部門の協力なくして推進出来るものではない。したがって商談発生に伴い、多くの人間が関与していくこととなる。何か依頼する場合は、改めて彼らの上司の席に出向くと、驚くほどスムーズに物事が進んでいく。戦時中の「星と錨に闇と顔」そのものだと思った。

見込みのありそうな大きな商談には、蜂が蜜に群がるように多くの者が集まってきた。恐るべき嗅覚である。悪意に解釈すれば論功行賞に与からんとするためであるが、結果的に多くの者がプロジェクトに関与するので、それなりの知恵も出るうえに、間違った方向に進まないのである。

昼になった。昼食は海外事業管理部長の福本に昼食を誘われた。そこには前任者の吉岡渉外部長も同席していた。福本は海外の現地法人の経営や事業を統括する立場にあり、吉岡は輸出業務と管理を担当していた。

福本「台湾にミニディスクの組立工場を展開する計画があるけれども、君はどう思う」

有吉「台湾に工場を誘致することは、駐在としては嬉しいですけど、既に台湾の人件費は高騰し、一人当たりの国民所得は八千ドルを超えています。物造りの拠点にはならないと思います。研究開発センターなら別ですが・・・。いまや台湾の企業は、安い人件費を求めて生産拠点を中国大陸に移しています。いずれ、ウチの会社も中国大陸に生産拠点を移すことになると思います」

吉岡「ここで私は大陸に駐在した経験に基づき、コメントをしておきたいと思います。まず第一に自国より強大で、しかも法制度の不透明な国に投資をするリスクを認識することが必要です。第二に中国は、日本の戦争被害国ですから、何かの事件、例えば、政府要人の靖国神社参拝や尖閣列島の領有を巡って反日感情が噴出し、進出した工場が操業出来なくなるようなことも、想定しなければなりません。戦前の感覚では、いざとなれば、自国の軍隊を派遣できるような所にしか投資をしなかったことを想起すべきです。

しかしながら近年、大陸政府は積極的に外資導入をすすめ、WTO加盟に向けて一連の法整備をおこない、従来不透明といわれた部分を解消し、法に則った運用を指向するようになってきました。こうした背景のもと、中国に進出するにあたり、まず中国の投資や貿易関連の規定を熟知することが何よりも必要となってきました。従来、中国との取引において何か齟齬が生じると、中国の不透明な法規制に責任を転嫁しがちであり、周囲もまたそれを容認する傾向にありましたが、これからは法規制に対する無知、不勉強こそが責められるべきかもしれません。また中国は今まで人治の国と言われてきましたが、中国はグローバルな大国として、法による統治を指向していることは疑いの無いところであり、中国に根を下ろしてビジネスを継続させていくならば、もはや特定の人脈のみをアテにする昔ながらのやり方は既に通用しなくなってきているのです」

福本「なるほどね。話はかわるけれど、昔から中国に進出している某社の人事部長がとても面白い事を言っていた。それは中国を担当する責任者は、多少の失敗があっても、出世が約束されている超エリートか、あるいはもうこれ以上、絶対に偉くなれない人間のいずれかにすべきだと言うんだな。これは案外と中国ビジネスの核心を突いているのかもしれない。要するに、上司や幹部の顔色を窺いながら仕事を進める小心翼翼としたタイプの人間は、中国ビジネスには向かないということだ」

有吉「ところで戦前の話ですけど、社史によりますと、ウチの会社は昭和十二年に満州国の奉天に富士電気工敞を設立したそうですね。昭和十九年には拡張されて、四万坪の敷地に五千坪の建屋をもつ工場になりました。今の川崎工場に匹敵する規模です。そして、満州国の崩壊とともに、工場の機械設備、製品原材料の一切が持ち去られ、全てが水泡に帰してしまったのです。あの時と同じことが起きるとは思いませんが、そのようなリスクは、常に念頭において置くべきだと思います。それにしても、敗色濃厚な昭和十九年に莫大な投資をして、工場を拡張したことは、今の我々の感覚ではとても信じられないのですが、案外と経営者なんて、目先の見通しでしか判断しないのかも知れませんね」

吉岡「あの時、満州への投資はモウ危ないから止めろ、と言った者が社内にいたかどうか興味がありますね」

福本「勇ましくて積極的な意見はとかく幹部の受けが良いけれど、多くの場合、無責任なことが多い。今回問題になっている欧州の赤字法人はすべからくこの結果だからね。

特にスペインの投資プロジェクトについては、投資資金の一部がキックバックされ、闇に消えている。またスペインのマラガ工場が水害に遭い大損害が発生したとき、事故発生後に保険を掛け、東京火災海上保険から莫大な保険金をせしめている。本部長の命令だったけれども、これぞまさに、取引関係を背景にした恐喝行為に等しい。もっとも、これらはみな奥の院の極秘情報だから他言は無用だ。

ところで話は替わるけど、中山科学院の件だけどね。あの時は、輸出は許可されたけど、もうあのような際どい商談は、受注しても輸出許可は下りないよ。これからは、共産圏向のハイレベル品目だけではなく、その他地域向けの軍関係、兵器メーカー向などに審査が厳しくなって、逐一、通産省にお伺いをたてなければならなくなってしまったよ。そもそも、台湾はセンシティブカントリーなんだ。アメリカがストップした商談を、日本が推進出来っこない訳で、あの時はアメリカの輸出管理規制が、日本にも準用されるまでの僅かなタイムラグの間隙をぬって、たまたま出荷されてしまっただけのことなんだよ」

有吉「そうですか、共産圏はもちろん、軍関連、兵器メーカー向け商談は要注意ですか」

福本「昔のココム規制や今日の安全保障輸出管理はアメリカの都合の好いように運用されていることは紛れも無い事実だ。もっと具体的に言うなれば、日本がハイテク技術をもって、政治的影響力を行使しないように網を掛けられているということだ。通産省は日本のハイテク産業の育成を推進する一方で、安全保障輸出管理により、アメリカのお先棒を担いでハイテク産業のビジネスを阻害している。しかし日本がアメリカに防衛を依存している限り、これに従わざるを得ないのだ」

大同富士電脳公司のユーザーには軍関連が二件、兵器関連は幾つもある。合弁相手の大同公司自身、兵器関連メーカーなのである。

例の兵站管理システムや国防事務センターの召集令状発行システムは、仮に輸出許可が下りても、指定された納期に間に合わなかったに違いあるまい。あの時、有吉は東京に相談することなく、この二件の商談を自分で処理してしまったが、結果的に正解だったようである。

その日の午後、有吉は蒲田にあるシステム本部に赴いた。正直のところ、自分の古巣である科学システム部に戻るとホッとした。

今回の駐在ではじめて営業という世界に足を踏み入れた有吉にとって、本社営業部門は、まさに魑魅魍魎の跋扈する伏魔殿のように思われたからである。

まず有吉は派遣元の上司である三田統括部長を訪ねた。三田は相変わらず多忙であったが、有吉が訪れると打ち合わせを中断してすぐに有吉のところにやってきた。

三田「ヤア、有吉君、元気にやっているそうで何よりだ。いま会議中だけど、今晩空けているので、飯を食いながらゆっくり話をしよう。それから、君から依頼された件については、此処にあるから、これをそのまま中山科学院の王室長に渡して貰いたい。何か問題があれば、直接私に連絡してください。私がすぐ対応しますと伝えて下さい」

と言いながら、ディスクと王室長宛の手紙を、自分の黒カバンから取り出し、有吉に手渡した。夜になるまで数時間ある。システム本部の昔仲間の席を廻り、時間を潰す方法もあるが、有吉は不意に鎌倉の円覚寺に行くことを思いついた。海外駐在員は、別段用の無いときは銀行の諸手続きや区役所事務など私的な用事をすることが容認されている。

往復の時間を入れても時間は充分ある。こう思うと有吉はすぐ駅に向かい京浜東北線の下り電車に飛び乗った。横浜で横須賀線に乗り換えると、四十分で北鎌倉についた。

落ち着いた境内にたたずむと、自分がいま台北に駐在しているのが夢のようである。本堂や選仏堂の本尊に深々と頭を垂れ、今日までの加護に深謝するとともに、今後の恙無きことを祈った。病弱であった自分が何時しか健康になり、こうして社会人として働くことが出来るようになったことに隔世の感を抱いた。思えば幼稚園にあがる少し前のことである。

病弱であった有吉は毎年冬になると必ず寝込んでいた。高熱に浮かされ二ヶ月ほど寝込んでいたある夜のことである。

ふと気がつくと、暗がりの中で母親が側に座っていることに気がついた。グッタリと横になっている自分を見ながら、母親が独り言で「もうだめかな」とポツリと呟いたのを昨日のことのように覚えている。

そのとき有吉は、自分がかなり深刻な状態にあることを悟ったが、何故か自分は絶対に死なない、大丈夫だという確信をもっていた。

その数日前のことである。時折、底なしの暗い淵に沈んでいくような感覚に耐えながら、横向きに臥せていると、正面にぼんやりと桐ダンスが見えた。

突如その桐ダンスから一筋の白い光のようなものが自分に向かってくるのを感じた。すると、それまで朦朧としていた意識が回復し、何故か気力が湧いてきたからである。

十数年の後、有吉が成長してから、それとなく母親に確認したところ、桐ダンスの中には夭折した姉の遺骨が置かれていたとのことであった。

母親によれば、幼くして他界した娘が不憫で納骨するのが忍び難かったそうである。その遺骨は、いまここ蒼龍窟脇の有吉家の墓地に収められている。昔の思い出に耽けりながら墓参を済ませ腕時計を見ると、まだ二時間ある。

有吉は叔父の岡田章雄のもとを訪れることにした。突然の思いもよらぬ訪問者に岡田は、ことのほか喜んでくれた。男の子のいない岡田にとって有吉忠一はわが子のような存在だからである。

だがこのときの訪問で、有吉はあの小西久遠が他界したことを知らされた。小西が逝去したことを知り、有吉は自分の人生の岐路においてアドバイスを与えてくれた小西に深い哀悼の意を捧げた。

小西久遠がこの世に別れを告げる時、小西は自分自身の運命を察していたのであろうか、もちろんこれは謎である。小西は誰に告げることもなくこの世を去っていたからである。そもそも人生において、ひとはさまざまな選択をしなければならないが、その選択が正しかったか否か比較することはできない。

歴史にイフが無いのと同じように、個人の人生においてもイフは存在しない。全知全能の神ならぬ身である以上、おのれが選択した結果を省みて、次の選択の糧とする以外に術は無い。こうした意味で貴重なアドバイスを与えてくれる八卦師は、人生における「当たり籤」をコッソリ教えてくれる人なのかもしれない。

小西のアドバイスを信じた有吉は、これまで大きな失敗は冒さずに、ここまで半生を歩んできた。小西のアドバイスが無かったならば、今の自分があったかどうか疑問である。やはり自分は、「人生の当たり籤」を小西にコッソリ教えて貰ったといえるであろう。

数時間後有楽町に戻った有吉は三田と久し振りに酒を飲んだ。ビールを一杯飲み干すと、有吉は堅苦しい挨拶を抜きに話を始めた。有吉は日本のビールはあらためて美味いと思った。

有吉「一時帰国する少し前、たまたま別件で台北に出てきた王室長にレストランに呼び出されました。何か難題を持ちかけられるのかと思いながら、行ってみると、王室長は『面白い内容が書いてあるよ』と言って軍事雑誌を見せてくれました。その特集に『潜在的核大国日本』という記事があって、早速読んでみたら、すごく面白いことが書いてありました。今日、翻訳をお持ちしたので、後でじっくり見て戴きたいと思いますが、簡単に要約すると、日本は現在核保有国ではないが、その科学技術水準を鑑みると、既に潜在的な核大国である。

まず第一に、原料の確保と弾頭の製造である。核弾頭そのものを造ることは決して難しくない。雑誌には工学部の大学生なら、原始的なものは造れるとしています。ポイントは弾頭を如何に小型軽量化するかである。例えば長崎型原爆には八キログラムのプルトニウムを必要としたが、最近では高性能コンピューターの駆使により、僅か一キログラムのプルトニウムで核弾頭を造ることが可能になるともいわれています。執筆者の楊鴻儒氏によると、日本には毎年三トンのプルトニウムと、毎年十トン以上の濃縮ウランを得る能力があると分析しています。

第二に運搬手段の開発技術があります。多くの人は核兵器というと兎角、核弾頭のみをイメージしてしまうが、実はその運搬手段の方が遙かに重要であると指摘しています。運搬手段には、ミサイル、長距離爆撃機、原子力潜水艦がある。現在、いずれも日本には無いものであるが、日本の技術開発力をもってすれば、ごく短期間のうちに保有することが可能であると結んでいます。特に、ミサイルについては、人工衛星静止技術と弾道ミサイルの制御技術とは、ウリ二つのものであるとしています。

結論として、日本は決意さえすれば、極めて短期間のうちに、核弾頭とその運搬手段を手にすることが可能であると分析しています。ある意味では日本の自衛隊は、既に核弾頭を持たない核装備をしているといっても過言ではない。しかしながら、政治的に見た場合、日本の核武装はアジア諸国に、リアクションを起こすことは疑いのないところであり、決してプラスにはならないであろう。日本にとっての最善の選択とは、『今すぐにでも核武装出来るゾ』という状態に留めて置くことが、最も望ましい姿であるとしています」

三田「実はネ、かなり前のことだけど、僕が中山科学院の関係で台湾に長期出張したとき、この著者である楊 鴻儒と宴会で同席したことがある。そのとき楊氏は、『潜在的核大国日本』を執筆していると言っていた。この記事に書いてあるかどうか知らないが、そもそも核兵器というものは、戦場で実際に使用される決戦兵器ではなく、抑止兵器であるが故に戦時においてよりも、むしろ平時にその政治的威力を発揮する。核兵器が大国としての政治的シンボルであることは疑いない事実で、いったんこれを手にした国は、これを手放すことはありえないだろう。楊氏はアジア諸国へのリアクションを別にすれば、日本は核武装することにより、防衛費を劇的に削減できると指摘していた」

有吉「ところでこの楊 鴻儒氏というのはいったいどんな人物なんですか」

三田「戦後まもなく日本から台湾に極秘に派遣された軍事顧問団で白団というのがあっただろう。蔣 介石総統が、旧知の支那派遣軍総司令官だった岡村寧次に親書を送り、台湾防衛のため、旧日本軍の将校からなる軍事顧問団の派遣を要請した。そこで、陸士三十二期の富田直亮という者が団長で派遣され、白 鴻亮と中国名を名乗ったことから、白団と呼ばれるようになったそうだ。じつはボクの岳父は、あの顧問団の団長だった富田直亮なんだ。楊氏はあの顧問団から教育を受けた一人だといっていた」

有吉「そのような経緯があったのですか。全く知りませんでした。ところで日本は『潜在的核大国』かも知れませんが、台湾にとっていまこそ核兵器が必要ではないのですか」

三田「その通りだ、以前僕が吉岡君と中山科学院を訪問した時、何人かのスタッフが会議にてきた。あの後、出席した連中の素性を駐在員に調べてもらったことがある。すると、ほとんどがドクターで、専門は航空力学とか原子物理学が専門だそうだ。あのM200を使って核弾頭の小型化とか、ミサイルの弾道計算をしていたことは間違いないだろう。台湾は技術大国だし、南アとも国交があるから原料確保は問題ない筈だ。やる気になれば原発の廃棄物からプルトニウムを抽出することも出来るだろう」

三田「楊 鴻儒氏曰く、いわゆる核弾頭がなくても長距離ミサイルに高濃度の放射性廃棄物を搭載して敵国の大都市に打ち込めば、そこはもう機能しなくなり、多くの難民がさまようことになると指摘している。ある意味では核弾頭が炸裂して殺傷してしまうより深刻な影響を与えるかもしれない。楊 鴻儒サンが日本は既に核弾頭を持たない核保有国であるという表現をする理由はここにあると思う。これにより防衛費を劇的に削減し、核実験をすることなく事実上の報復力を手中にすることが出来るわけだ。したがって楊サンの言うとおり、核弾頭より運搬手段である長距離ミサイルのほうが遥かに重要だというわけだ」

三田「宇宙開発事業団が種子島から打ち上げた静止衛星『きく2号』だけど、あれは、ボクが兼務している宇宙システム部のソフト部隊が開発したものだ。このソフトは二百名の優秀なSEが、それこそ徹夜に次ぐ徹夜で開発しものだ。これまで静止衛星の打ち上げは、米ソしか成功していない。中国はまもなく成功するだろう。このロケットは打ち上げ四日目に、地球から三万六千キロ離れた宇宙空間で、アポジキック、すなわち衛星に取りつけてあるロケットに点火して分離し、静止衛星としての大きな円軌道に乗せるのだ。このタイミングを一秒誤ると、衛星は所定の軌道を二キロもズレてしまう。この成功により日本は事実上、大陸間弾道弾の制御技術を手にしたと言えるだろう」

有吉「話は変りますが、中山科学院にM２００を納入した直後のことですが、先方は基本ソフトのソースコードを提供してくれと迫っていたそうですが、あの件はどうなったのでしょうか」

三田は一瞬、躊躇したようであるが、此処にいるのは有吉だけである。三田は思い直したように「もう、時効だから構わないだろう」と声をひそめて語りだした。

三田「あれは、非公式にソースコードを提供して解決したよ。実は社内的にも問題があるので、こちらから、直接にDHLで中山科学院に送付した。君達、現地は知らなかったことにしておいて貰いたい。もちろん提供するにあたり、彼らがソースコードを入手して、基本ソフトに手を加えた場合、『我々はメンテナンス出来なくなります』という一札を取ったけどね」と言うではないか。

有吉はビックリした。いい度胸だと思った。社内規定に違反しているばかりではない、役務ライセンスを取得せずに提供したからである。

三田「あのユーザーは、基本ソフトに問題が起きた時、自分たちで修正する積もりらしい。何かの理由で、我々から基本ソフトのメンテナンスを受けられなくなった事態を想定してのことと思われる。我々システムエンジニアはね、営業部門の人間に比べ、顧客と接する時間が長く、しかも仕事柄、営業の人間よりも顧客と緊密にならざるを得ない。往々にして、顧客の要求に応えなければならないケースもあるのだよ。営業だって、彼らは商談をとるためには、他人に言えないようなことをやっているのと同じだよ」

と言う。なるほど、確かにその通りかもしれない。規定、規準を遵守していたら、何も解決しないのも事実である。だがどうも三田は自分の行為が社内規定に反していることは分かっていても、貿易管理令にまで違反していることには気がついていないようである。貿易管理令違反の罰則は意外と重い。罰金刑だけではない、最高五年の懲役刑が課せられる場合もある。したがって、割りに合わない犯罪とも言われる所以である。三田は続けた。

三田「要は、その時々の常識に照らして、逸脱すれば問題となるし、逸脱しなければ、そのまま、何事もなく済んでしまう。前に大丈夫だからといって、今度も大丈夫という訳にはいかない。結局、バランス感覚だね。いや最終的には運かもしれないな」

これを聞いて、有吉はシステム部の人間にしては、随分度胸が良いというか、型破りの人間だと思った。直属の上司である三田の別な一面を見たような気がした。

流石に同期のものより二年も早く統括部長になるだけのことはあると感心した。有吉は、帰りのタクシーの中で、三田の言葉を思い出していた。「結局、バランス感覚だね。いや最終的には運かもしれないな」その通りかもしれない。ビジネスマンは役人とは違う。様々な意味で、ギリギリのことをやりながら、差がついていくのだ。

運が良ければ、際どいことをやっても、何事もなくドンドン出世する。反対に運が悪ければ、つまらないことでも新聞沙汰になるかも知れない。最悪の場合は、職を失うばかりではなく、獄に鎖でつながれ、前科者になるかもしれないのである。

三田から渡されたディスクには、原子炉の安全解析をする最新プログラムが入っている。本来ならば、役務ライセンスを取得してから提供しなければならない。

しかし海外事業管理部長の福本の話によれば、正規にライセンスを申請しても、許可にならない可能性が大である。仮に許可が下りても、数カ月かかることは間違いない。顧客は待ってはくれない。「毒を食らわば皿まで」とはこのことである。有吉は三田に続き、今度は自分が手荷物で台湾に持ち込まざるを得ないと思った。

一方その頃、三田は有吉と別れたあと、タクシー乗り場に向かっていた。「とうとう、渡してしまったか」とこれから起きる結果の重大さに三田は思いを馳せた。しかし、これは自分の信念に基づく行為である以上、三田は全く後悔していなかった。

既に三田の耳には、中山科学院はM200を使って、何やら巨大なジョブを処理しているという情報が入っていた。何を処理しているのか、皆目不明であるが、通常の科学技術計算では到底考えられない巨大なジョブである。

実は有吉に手渡したあのディスクには、原子炉の安全解析をする最新プログラムのほかに、重大なものが二つ含まれている。それは、ある筋が三田に極秘に依頼してきたもので、静止衛星を制御するソフトウェアだけではなく、もう一つのソフトウェアが入っている。本来、日本に絶対あってはならない筈のソフトウェアである。それは東海村の原子力研究所にあったものを、三田が課長時代にこっそりコピーして持ち出したものなのだ。

何故、日本に絶対あってはならない筈のソフトウェアが東海村にあったか、その経緯は、三田も知らない。日本もギリギリのところまで、核兵器の研究をしていたことは疑いない。したがって、こっそり持ち出した事が発覚しても、絶対に表沙汰になることはないであろう。この件は、自分以外誰も知らない。有吉も、きっと何も知らずに王室長に渡すであろう。

台北に戻る前日、有吉は李 進智総経理と共に、蒲田のシステム本部に赴き三田を訪ねた。昼食は三田に招待されていたからである。社内の特別食堂であるが、眺望は素晴らしく、味もなかなかのものであった。食事も終わりコーヒーが出された時である。李 進智は不意に「明日の帰りのフライトは、二時三十分でしたっけ」と有吉に訊ねた。「シ、ザッゴ（四十五）です」と有吉が台湾語で答えると、三田にも反応があったように思えた。「アレ、もしかして三田は台湾語が分かるのでは」と有吉は疑った。今や北京語を解する人間は、社内に幾らでもいる。しかし台湾語を解する人間はいないと思っていたからである。

午後、有吉は李 進智の買物に付き合った。台湾の人は、日本の情報をいったいどこで仕入れるのであろうか。どこの何が美味しいとか、何処で何を売っているのか、実によく知っているのに驚いた。

夜は、有吉が李 進智を接待した。李 進智は無論パートナーであるが、日本に来た時は顧客でもある。有吉は富士電子工業本社の立場で李を接待することにしたのである。李 進智は江戸前寿司が好物である。

まず有楽町の勘八で握りを摘んだ後、新橋のクラブに連れていった。有吉が赴任する前、誰かが接待の心得として「男というものは、好きか大好きかのどちらかである」と言ったのを思い出したからである。李 進智は医者の子供だけに、絶対に悪い遊びはしない。だが、やはり美女は嫌いではないようである。

ところで、李を連れていった新橋のクラブの経営者は、張 美蘭という外省籍の台湾人で、台北の名門、中山女子高級中学卒である。戦前の台北第三高女で、当時は台湾人女子の最高学府とされ、ここの卒業証書を持つものは、嫁入り道具を準備する必要がないと言われたほどである。

彼女は他にもレストランを経営しており、単にクラブのママさんというよりも経営者という に相応しい人物である。

このクラブに勤めるホステスはほとんど大陸の女性である。色白でスタイルは抜群である。また、日本の大学や企業研修に来ている女性なので、知的レベルが高く、会話をしていても飽きることはない。李 進智は彼女達とのお喋りに興じていた。

帰国の当日、有吉は李 進智を自宅に招いた。自宅で昼食をとり、出発までの時間調整をする為である。有吉の自宅は、僅か二十五坪のマンションである。李の自宅より遥かに狭い。

しかし、日本人の有吉が狭い自宅に招待することに意味があると思ったからである。幸い有吉の妻は料理が上手である。昼食なのでサラダ、スープを含めて五品であるが、どうやら李進智の口に合ったようである。

羽田に着き、台北行きの中華航空017便に乗り込むと二人ともグッタリとなった。件《くだん》のディスクは、羽田で出国の際も台湾に入境の際も、いずれも全く問題なくパスした。麻薬やピストルと違い、この手の手荷物は事実上ノーチェックなのである。ビジネスクラスとはいえ、機中は狭い、やたらな話は慎まなければならない。それに二人とも、東京では毎晩のように、会食が続き、いささか疲れ気味である。

台北までの間、二人ともビジネスクラスの機内食も食べずに、眠りこけた。台北に着くと、会社の車が迎えに来ていた。行きと違って帰りの荷物は少ない。車に乗り込むと二人ともホッとなった。有吉は早速、李に尋ねた。

有吉「李サン、中山科学院の張　憲義氏の亡命の一件ですけれど、その後、当局から何か言ってきましたか。私のところには、結局何も言ってきませんでしたが・・・」

李　「いや、何も無かったよ。実はネ、実行しても良いが、絶対口にしてはいけないことがある。それは、台湾独立と核武装なんだよ。反対に、口にしても良いけど、絶対に実行してはいけないことは、大陸反攻なんだ。

もっとも、この看板は、新しい李　登輝総統になってから降ろしてしまったけどね。

むしろ、台湾への武力侵攻こそ、口にしても良いが、絶対に実行してはいけないことなのだが、これればかりは相手がある事だからネ」

台北に戻った有吉はすぐに王室長のアポイントをとった。三田から託されたディスクと手紙を、一刻も早く渡したかったからである。有吉は、預かりものを、何時までも持っていられない性分なのである。だが、有吉はコピーを取っておくことだけは忘れなかった。三田は何かあれば、直接対応してくれるとは言ったものの、三田ですら転勤するかも知れない。このような時、現地ですべて対応しなければならないからである。

中山科学院に赴いた有吉は、王室長にディスクを手渡す際、「室長、原爆を小型化する為のシミュレーションソフトをお持ちしました」ともう一度、冗談を言ってみたが、王室長は顔をこわばらせ、今度も全く有吉の冗談に応じなかった。丁重に礼を言うと、老眼鏡を取り出し、三田からの手紙の封を開けると、食い入るように見入っていた。

その翌日、有吉は国賓大飯店のロビーに徳華科技股份公司の廖　茂生を呼び出した。日本からの土産物を手渡すためである。

有吉は廖　茂生に鎌倉の鳩サブレーと富山の蒲鉾を手渡した。蒲鉾が台湾の人に喜ばれるかどうか自信が無かったが、有吉の父、有吉与三七は富山県の出身である。実家に大量の蒲鉾が送られてきたので、それを台湾に持ち帰ってきたのである。

有吉「東京で販売会議がありまして、久しぶりに一時帰国して来ました。たまたま実家に蒲鉾が送られてきましたので、お口に合うかどうかわかりませんがお持ちしました」

意外にも廖は蒲鉾を見て眼を輝かした。

廖「蒲鉾は私の大好物です。おでんにして食べます。街の屋台で『黒輪』と書いてあるのを見たことがあるでしょう。『黒輪』とは台湾語で『おれん』と発音するのですよ。即ち『おでん』です。私は黄色い辛子をつけて食べますが、こちらでは豆板醤で食べることが多いようです」

廖「ところで、有吉さんが日本に行かれている間、大同大楼でとんでもない事件が起きたのをご存知ですか」

廖茂生の話によると、先月末の早朝に大同大楼一階でピストル強盗事件が起きたというのである。一階の彰化銀行でスーツケース一杯の現金を下ろした客がピストル強盗に遭い、二発の銃弾を浴びて射殺され、現金を奪われたというものであった。

この話を聞き、有吉はおもわず身をすくませた。有吉はいつも月末早朝に、第一勧業銀行台北支店で現金を下ろし、彰化銀行まで持参して駐在員の給与を振込み、所得税を納付しているからである。たまたま、日本への出張日を一日早めたことにより、危うく災難を免れたのである。

三越が台湾に進出してくることになった。聞くところによると、地場の新光百貨店は、不振を極めており、三越の資本と経営ノウハウを注入し、起死回生を図るものである。したがって、コンピューターシステムそのものは、日本の三越で稼働しているシステムを台湾に持込むというものである。

だが当然のことながら、システムをそのまま、持ち込むことは出来ない。文字が異なるだけではない、営業税の計上方法が異なるからである。これに合わせたシステム変更が求められるのである。

この変更は現地の制度に熟知している台湾側で行う方が望ましい。作業は難しくはないが、大同富士電脳のシステムエンジニアは他の商談で手一杯である。

そこで有吉は、このシステム変更作業を外注し、一連の発注操作で、徳華科技股份公司に資金をプールして今後の商談に備えようと思った。資金を事前にプールしておけば、工作資金の前払いも可能となるからである。今後もこの手法で、プール資金を増やしていけば、あとは徳華科技股份公司の廖　茂生がきっと上手くやるであろう。あの辞退した兵站管理システムはともかくとして、多少いかがわしい商談の推進も容易になることは間違いない。

さて三越の商談が具体化してくると、三越のシステム開発室のメンバーが、新光百貨店との打合せのため、台北にやって来た。また、これに合わせて富士電子工業の本社からも、三越担当の営業部門、システム部門の責任者が同行してきた。

三越は国内のビッグユーザーである。大同富士電脳公司のオフィスには、出張者が常に数名滞在するようになった。同じ顔ぶれもあるが、新規訪問者も少なくない。駐在員はこれらの出張者への対応に追われることとなった。

ある土曜日の夕刻のことである。ゴルフをしない出張者を、故宮博物院に案内したその帰り道、有吉の乗った車は仁愛路の空軍総司令部の正門前に差し掛かっていた。その時である。有吉は目敏く三田によく似た男が、正門から出てきて、黒い車に乗り込むのを見かけたのである。街で自分の知人によく似た人間に出くわすことは、決して珍しいことではない。だが、あの黒カバンには見覚えがあった。あのカバンは三田のものに違いないと思った。休暇を取って海外旅行することは、本人の自由である。

ましてや休日である。別に咎めだてするようなことではない。むしろ何故、部下の自分に声を掛けてくれないのか、水臭いと思った。だがお忍びで来る以上、何かそれなりの理由があるに違いない。三田が空軍総司令部と何か関わりのあることが、おそらくその理由と思われた。

そのとき有吉は一時帰国した際に持ち帰ったディスクの中身が急に気になり始めた。あのディスクは三田から、中山科学院の王室長宛に託されたものである。あのディスクには原子炉の安全解析をする最新プログラムが入っていると聞かされていたが、この際確かめてみようと思った。そこで有吉はシステムエンジニアの蔡 正雄を呼んだ。有吉が、

「このあいだ、中山科学院に渡した磁気ディスクをコピーしただろう。あれの中身を確認したいのだが・・・」

と言うと、蔡 正雄は、どうやら直ぐに有吉の意図を察したようである。

「どんな内容かすぐ確かめてみましょう」と有吉を計算機室に連れていった。

結果はすぐに判明した。暗証コードを入力しないとなかを覗くことが出来ないのである。なかに何が入っているか闇の中である。通常、顧客とのこうした遣り取りで暗証コードを設けることはありえない。おそらく部外者に絶対に知られたくない内容であることは間違いないであろう。いまの自分たちのレベルでは解読は不可能である。万策は尽きた。三田の岳父と白団との関係、得体の知れないソフトウェアの提供、三田と空軍総司令部や中山科学院との関わり、これらを結び付けていくと、何やら不気味なものが見え隠れしてくるのであった。

その晩遅く、有吉は行きつけのクラブ「京」のカウンターに座り、一人チビチビとやりながらその事ばかり考えていた。そのとき、「妙子」が有吉の側にやってきた。

妙子「あのね、有吉さん、先ほど経済日報の謝 淑恵さんが日本人のお客さん二人と此処に来

たのよ。来年、三越がこちらにお店を出すんですって」

昨日から三越の坂倉社長以下幹部が、新光百貨公司と合弁契約のため台湾を訪問中である。おそるべき早耳である。妙子は続けた。

妙子「吉岡さんは経済日報記者の謝 淑恵さんと、とても仲が良かったよ。謝さんはあまり日本文が理解できないので、吉岡さんが日本の新聞を解説してあげていたそうよ。

一方、吉岡さんは謝さんからいろいろな情報、とくに『小道消息』を仕入れていたそうよ。『小道消息』は日本語でなんていうの」

有吉「裏情報といえばいいのかな」

妙子「今日ネ、華南銀行の中山分行で、むかし吉岡さんとよくこのお店に来ていた、あのサン・ティエン先生、そう三田さんに会ったのよ。今出張で来ているって言ってた。銀行の二階の『安全箱』のところにいたよ。『安全箱』は日本語でなんていうの」

有吉「貸し金庫とか、英語でセーフティボックスということが多い」

妙子「三田さんは中国語を喋れないと思っていたけど、とても上手ね。銀行の二階で係りの人と大声だして喧嘩していたよ」

やはり三田がお忍びで台北に来ていることは確かである。出張者が貸し金庫のコーナーにいるのも不可解である。そもそも居留証がないと口座そのものを開設できない筈である。

さらに三田が中国語を流暢に喋れるとは、全く想定外で思いもよらなかった。上司の不可解極まりない行動であるが、今までの経緯を鑑みると、三田と台湾との関わりあいは、有吉の想像を遥かに越えているように思われた。ことによると自分を台湾に送り込んだのは、三田のバックグラウンドとも深い関係があるようにも受け取れた。いずれ何かの展開があるまで、すべてを自分の胸内に秘めておいたほうが賢明と思われた。

第九部　縁の糸

瞬く間に四年の歳月が流れた。有吉の着任以来、大同富士電脳公司の業績は台湾経済の成長にも支えられ、好調に推移してきた。今年度は、それぞれの親会社に日本円換算で、一億円近い配当ができる見通しとなった。

今まで大同富士電脳の日本側代表というポストは、決して華々しいポストではなかった。しかし有吉の着任以来、大型商談の相次ぐ受注により、本社からも脚光を浴びるようになってきた。不思議なもので、多くの人々の注目が集まるようになると、今まで推進が困難であったビッグプロジェクトも対応が可能となってくるのである。

一般的に合弁会社の運営は難しい。それは、それぞれの親会社の経営理念が異なるからである。このために、それぞれの親会社から派遣された代表者が、様々なかたちで衝突することが多い。高度なレベルでの衝突から、両者の性格の不一致に起因するような低次元のものも珍しくない。

ところで、海外現地法人にとって独資、合弁に係わらず「現地化」というのは、永遠の課題である。「現地化」とは、その言葉どおり、企業が海外でビジネスを円滑に進めていくにあたり、様々なノウハウを現地に扶植しなくてはならない。「現地化」には人、物、金、技術というさまざまな現地化が包含されるが、合弁会社の利点とは、運営いかんで、この究極の課題である「現地化」を早期に実現できることにある。

合弁会社を円滑に運営するためには、それぞれの代表者に自制と忍耐が求められるだけでなく、双方の人格、教養が互いに、尊敬し合えるものでなければならない。

さて、合弁会社に思わぬ利益が出ていると、親会社にとって、その利益を独り占めしたい誘惑にかられることが多い。しかし独資にした途端に、金の卵を産む鶏を潰してしまうように、利益が出なくなってしまったケースが多い。

大同富士電脳公司の業績が、こうして急伸してきたことは、有吉にとって、まことに喜ばしいことに違いないが、富士電子工業の本社、特に現地事情に疎い関連事業室あたりは、合弁を解消して、独資にしたい誘惑に駆られているのではないかと有吉は恐れていた。

この拠点は独資にするには、いまだ時期尚早であると有吉は思っていたからである。

台湾経済の著しい伸長とともに、日本から大物視察団が頻繁に台湾に来るようになった。

ある時、通産大臣を経験した大物国会議員を団長とする投資ミッションがやって来た。

圓山大飯店で歓迎パーティが催された時のことである。台湾側からは、粛 萬長経済部長（通商経済産業大臣）をはじめとする大臣クラス、経済界の大物がズラリと顔を揃えた。また、有吉など現地進出の企業代表者も台湾側から招待された。このパーティ会場で、有吉は大同公司の総帥である林 挺生董事長に呼び止められた。

林「有吉サン、実は李 進智君のことですが、もう六十二になるので顧問に退いて貰い、副総経理の陳 錦長君を総経理にして、有吉サン、貴方には董事長をやって貰いたいのですが・・・」

と切り出された。

本来ならば有吉がここで即答できるような内容ではない。海外法人の役員人事は、本社決裁だからである。「分かりました。本件、東京本社に相談して…」と言うべきであるが、有吉はすぐに「陳 錦長サンを総経理にするのは好いと思います。しかし、李 進智さんを顧問にすると、東京側が動揺しますので董事長にしてください」と答えた。有吉はさらに続けた。「私はこのまま、副董事長で構いません」と言うと、林 挺生董事長は有吉の意外な回答にビックリした顔で、有吉をじっと見つめた。

東京側の動揺とは、言うまでもなく両社の合弁関係解消への蠢動である。現に東京サイドでは、何らかの機会に大同との合弁関係を解消し、本社の意のままになる子会社の設立を唱える有力幹部もいたのである。だが、独資にした途端、内部の不正を見抜けなくなり、赤字に転落したケースが実に多い。吉岡は有吉への引き継ぎに際して「合弁会社の運営は容易ではないが、我々富士電子工業の人材レベルならば、現時点においては、合弁のほうが上手くいくであろう」と言っていたことを思い出した。有吉もこの合弁会社に着任して以来、その感を強く持った。前任の吉岡は、今まで東京からこの大同富士電脳公司に代表として派遣されてきた人々が、どの様に仕事をしてきたか良く知っていたからであろう。

あの時、吉岡は出向者のポジションについても「野球と同じように、低めに入って力があれば、絶対に打たれないが、反対に高めに入って力が無ければ、痛打されてしまう」特に外地では、ポジションとか肩書だけで仕事が出来る訳では無いことを、吉岡は知っていたのであろう。有吉は吉岡の言葉を思い浮かべながら、自分は今の肩書で充分だと思った。むしろ、これを機に東京本社が動揺し、合弁関係について東京側から云々されることを恐れた。

翌日、有吉は富士電子工業社長宛のレターを自分自身でしたためた。

もちろん、発信人名義は大同公司総帥の林　挺生董事長である。レターをしたためると、有吉はすぐに大同公司の本社ビルに赴き、林　挺生董事長の秘書に届けた。レターには次のような主旨の内容を盛り込んだ。この内容ならば、本社側に大きな波風を立てること無く、賛同が得られると思った。

「富士電子工業と大同公司との合弁は既に二十年になります。この間、スタッフ一同の努力により大同富士電脳公司の業績は、極めて順調に推移してまいりました。これもひとえに、貴社のご支援の賜物と深く感謝しております。さて今日まで永年にわたり、合弁会社の経営に尽力してまいりました李 進智総経理を董事長に、陳 錦長副総経理を総経理に、それぞれ昇格させたいと存じますので、貴職の御承認を賜りたく存じます」

数日後、李 進智が有吉の部屋にやって来た。

「林 董事長からネ。これからも今まで同様、有吉と仲良くやってくれと言われたよ」

李と嬉しそうに語った。一週間後、富士電子工業社長から、林 挺生董事長の提案人事に対する賛同の返信がきた。

有吉の読みどおりとなった。しかしながらこれを機に事実上、李 進智は一線を退き、大同富士電脳公司の実権は新しい総経理の陳 錦長に移っていったのであった。董事長とは名ばかりであったが、有吉は李 進智の面子を保ったのであった。

ある朝のことである。いつもの様に、有吉は東京から送付された書類に目を通していた。書類の一番下に束ねられていた人事異動の社達を見て思わず目を疑った。

定期の人事異動ではないので、社達には僅か数名の人事異動が載っていただけであるが、その末尾になんと「死亡退職　システム本部長代理兼、科学システム統括部長　三田正憲」と記載されていたからである。三田は今日まで自分を育ててくれた直属の上司である。その三田がいきなり死んだと言われても、にわかに信じがたかった。

有吉は、すぐに三田の部下の川北に電話をしたが、あいにく彼は外出中である。あと少なくとも、三時間以上は待たなければならない。時間が経つのがもどかしかった。数時間後、やっと川北と連絡が取れた。川北の話によれば出張先ホテルでの突然死である。警察は、事件の可能性を視野に入れて、司法解剖を行ったそうである。

だが結局、確たる痕跡が認められなかったため、事件による可能性を秘めたまま、死因は病死という最終判断を下したとのことであった。現役バリバリの統括部長が突然に死亡することは、その部署にとって甚大な影響を及ぼすことは想像するに難くない。川北は、国内の顧客への対応等に忙殺され、有吉への連絡が遅れたことを詫びた。有吉は三田の死因を特定出来なかったことが、ひどく気にかかった。いままで漠然と抱いていた不安が的中し、現実のものとなってしまった。

有吉は三田の謎めいた行動を思い浮かべると「殺られたな」と直感した。最近では全く痕跡を残さないで、人を死に至らしめる薬品とか、脳溢血や心筋梗塞を誘発させるようなスパイ小説さながらのものが、実在することを有吉は知っていたからである。

もし、三田が「殺られた」ならば、自分自身も危ないのではないかと思われた。ところで、もし三田が「殺られた」ならば、その理由は何であろうか。日本に絶対あってはならない筈のソフトウェアが存在したこと、そしてその秘密を知っていたことが殺害理由ならば、自分はセーフかもしれない。しかし、そのソフトウェアを台湾にコッソリ持ち出したこと、台湾の核兵器と長距離弾道弾開発に関与したことが理由ならば間違いなく自分も危ないと思った。いかに対処するか、有吉は眠れぬ夜が続いた。

数日後、有吉は意を決し、中山科学院の王 志強室長のアポイントをとり、龍潭を訪れた。三田の死について何か手がかりを得るためである。中山科学院を訪れるのは久し振りである。最近大型プロジェクトが多くなり、漢字プリンターを増設して以来、新規商談もまったく無くなり、中山科学院もすっかり影が薄くなってしまったのかも知れない。有吉は王室長に、永らく御無沙汰したことを詫びるとともに、まず三田の死を伝えた。

三田の訃報を聞いた王室長に予想を超えたリアクションがあった。天井を見つめ嘆息し、しばらくはなにも語らなかった。やがて、しんみりと語り始めた。

王 「私は、いよいよ引退することになりました。いままで三田さんには大変御世話になりました。改めて御礼申し上げます。いずれ正式に文書で通知いたしますが、ここのコンピューターM２００も私と同様、役目を終えたのです。貴社のコンピューターは、信頼性抜群でこの八年間、ほとんど故障もなく働いてくれました。本当に助かりました。ところで、三田サンの件ですが、人生無常、私は親しい友人を失い暗澹としています。有吉サンから御遺族の方々に何卒宜しくお伝え下さい」

有吉「私も台湾に駐在して以来、王室長には大変御世話になり、本当に有難うございました。ところで、三田の死因なのですが、実は特定出来なかったそうです」

有吉はここでハタと迷った。さらに続けるか否か迷ったのである。熟慮した後、思い切って訊ねてみることにした。ここで訊ねなければ、後で後悔するかも知れないと思ったからである。

有吉「日本の警察は事件の可能性についても調べたそうです。しかし、何ら痕跡がなく、結局は突然死という判断を下したそうです。でも私自身、三田が殺されたのではないかと疑っているのですが・・・。王サン、三田は口封じのために、あなた方台湾側の機関に殺された可能性はあるでしょうか」

こう聞くと王室長はすぐに答えた。

王「有吉サン、それは絶対に無いと思います。既に張 憲義副院長がアメリカで洗いざらいブチまけている訳ですから、いまさら口を封じる必要は無い筈です。もしそうならば、私だってとっくに殺されている筈です」

さらに、王室長はビックリするようなことを口にした。

王　「有吉サン、御存知かも知れませんが三田正憲は、もともとは台湾生まれなのですよ。

幼少時に三田憲次という日本人の養子になったと聞いています。例の白団のメンバーであった三田憲次の養子です。

有吉サン、白団のことは御存知ですか、第二次大戦の終結後の一時期、アメリカは台湾海峡に介入する積もりはありませんでした。一九四九年に国民政府は大陸を失陥し、台湾に逃れました。この時点でもアメリカは、台湾に救いの手を差し延べようとはしませんでした。それは国民政府が腐敗し、アメリカがいくら援助しても、結局政府幹部や浙江財閥の私腹を肥やすに過ぎないという理由からです。

大陸を制圧した共産軍は破竹の勢いで台湾に迫って来ました。まさに、台湾は風前の灯の状態だったのです。幸い台湾は海に囲まれています。共産軍が台湾を攻略するには、海を渡らなければなりません。

また当時、海軍力については台湾側の方がはるかに優勢でした。それは中華民国は、日本から賠償として駆逐艦七隻、海防艦十七隻を始めとして、合計三十四隻、三万五千トンに及ぶ艦艇を取得していたからです。このなかには、不滅の駆逐艦と謳われた雪風もありました。国民政府の大陸失陥により、十隻は大陸側に捕獲されてしまいましたが、駆逐艦の丹陽すなわち雪風をはじめ、残りの二十四隻は台湾に逃れることができました。こうして、共産軍が台湾海峡を渡る準備が整うまで、若干の時間的余裕があったのです。そこで蒋介石総統は、旧知の支那派遣軍総司令官であった岡村寧次に親書を送り、台湾防衛のため旧日本軍の将校からなる軍事顧問団の派遣を要請したのです。岡村寧次は支那派遣軍総司令官でありながら、戦犯としての訴追を免れていました。それには幾つかの理由がありますが、以下のものでしょう。

（一）岡村寧次は大本営の命令によりその任務を遂行したに過ぎないこと。
（二）部下の将兵に中国人に対する残虐行為を強く戒めていたこと。
（三）敗戦後、何應欽将軍の指示に忠実に従い、整然と秩序を守り、国民政府軍に投降し、武器の引渡しを行ったというものです。

無論、何應欽将軍と岡村が、日本の陸軍大学からの旧知の間柄であったことが、訴追罷免の最大の理由かも知れません。

さて、蒋介石総統からの親書を受けとった岡村は、すぐに昔の部下と連絡をとり、顧問団の編成に着手したのです。富田直亮という元少将が団長で派遣されました。岡村寧次にとってみれば、蒋介石総統が、戦後日本に対して『以徳報怨』の寛大な措置をとったその恩義に少しでも報いたいという気持ちだったと言われています。当時の日本は、アメリカの占領下にあり、海外に渡ることすら困難な状況でした。ことは極秘裏にすすめなければなりませんでした。

彼らは、白団と呼ばれ全員が中国名を名乗りました。また公共の場では、日本語の使用は厳禁されたのです。

しかし講義そのものは日本語で行われ、北京語の通訳を介して進められました。一九四九年十月十七日、共産軍はジャンク二百隻を動員し、三万三千の兵をもって、金門島に上陸してきました。この時、根本という旧日本陸軍中将が金門島で作戦指導したと言われています。根本中将は、沖縄や硫黄島戦を参考にして、共産軍をいったん上陸させた後、殲滅する作戦をとったのです。この金門島の古寧頭戦役により、共産軍は壊滅的損害をこうむり、金門島攻略は失敗したのです。さて、こうした攻防戦を繰り返しているうちに、朝鮮戦争が勃発しました。これにより、台湾を取巻く状況はガラリと変わりました。アメリカが台湾海峡に介入し始めたのです。

アメリカの第七艦隊が、台湾海峡に展開して現状固定を図ったのです。共産軍による台湾侵攻を許さない代わりに、台湾の大陸反抗も封じたのです。台湾に介入したアメリカにとって、旧日本軍の将校からなる軍事顧問団は邪魔な存在でした。そもそも、敗戦国の旧軍人が戦勝国の軍隊の指導にやって来ていること自体、異常なことだからです。また、アメリカとは、戦争の仕方が根本的に異なります。アメリカの戦い方は物量に物をいわせるやり方ですが、日本は物量に頼るわけではありません。台湾にとって日本軍のやり方が、実情にマッチしていると思われました。

ある時アメリカ政府の要人が、蒋　介石に、旧日本軍人の退去を勧告したそうです。その時、蒋　介石総統は『彼ら日本軍人は、アメリカが台湾を助けてくれないとき、危険を省みず駆けつけてくれたのである。我々は、東洋人の道義として、この恩義を決して忘れないし、あなた方に言われたからと言って、日本軍人に退去を申し入れる考えもない』と毅然として答えたそうです。多くの台湾の人々は蒋　介石総統時代の圧政を決して忘れることは無いでしょう。しかし外省籍の私がこんなことを言うのはなんですが、もし蒋　介石がいなければ、台湾はとっくに中華人民共和国の一部になっていたでしょう。もし台湾が大陸に併呑されていたならば、あの大躍進政策や文化大革命の嵐をまともに受けたに違いありません。蒋　介石に対する歴史的評価は今しばらく時間が必要ではないかと思います。

さて白団の二十年にわたる活動と蒋総統との係わり合いについてお話しましたが、こうした経緯があったからでしょうか、台湾との絆を深めるべく、団長の白　鴻亮こと富田直亮さんは、ある少年を部下の養子に斡旋したのです。誰の子か私は忘れて仕舞いましたが、確か曹　士澂とかという外省籍の人だったと思います。その少年は日本人として立派に成長しました。その人こそ、三田正憲さんなのです。しかも何という奇遇でしょうか、三田さんは富田直亮のお嬢様と結婚されたのです。三田さんは父親の遺志を継ぎ、今日まで台湾防衛に尽力されてこられました。我々台湾側が三田さんを殺害する筈がない事をお分かり頂けたでしょうか。

有吉サン、実は私も軍人として白団のメンバーから軍事教育を受けた一人なのです。ですから私は日本語を話すことは出来ませんが、少し聞き取ることはできるのです」

王「ところで有吉サン、もし三田正憲さんが本当に殺されたならば、吉岡さんや貴方も危ないと思いますよ」最も恐れていることを王 志強は口にした。

事務所に戻った有吉は、十五分ほど思案した後、吉岡に国際電話を掛けた。有吉が三田の件で至急相談したいと言うと、吉岡は「電話では憚れる内容なので、今度の週末に台北に赴くので、その時相談したい」とのことであった。

やはり吉岡も三田の死について、有吉と同じような懸念を抱いていることが窺われた。

吉岡は金曜日の中華航空の最終便に乗り込み、小さなカバン一つで台北にやってきた。有吉は吉岡をホテルで待ち受けると、二人は歩いて林森北路に向かった。

深夜十一時近かったが、街のネオンは妖しく点滅し、人通りは途切れることは無かった。

寸暇の時間を惜しんでか、吉岡は歩きながら話を始めた。

吉岡「八年前、中山科学院の開所式の一ヵ月後、ボクは三田部長と中山科学院を訪問したことがある。その際、当時主任だった張　憲義氏と三田部長は別室で何かを打ち合わせていたが、ボクはそこに同席していないので何があったか分からない。またあの商談については、本来アプリケーションソフトの提供は無い筈であったが、自分達の知らないところで何か提供されたらしい」と八年前の出来事を語った。

だが吉岡は、あの朝宿泊したホテルでチェックアウトする際、三田のセカンドバッグからA四の封筒一杯に詰まった百ドル紙幣の札束がチラリと見えたことは、有吉には一切語らなかった。吉岡はあえて三田の不可解な闇の部分には触れなかったのである。吉岡はこの闇の部分こそ三田の不審死と関係があるのではないかと睨んでいた。

有吉と吉岡の二人は、林森北路の静かなピアノバーに赴くと、美人ピアニストで名高い王香眉や許　錦欄の奏でるピアノを聴きながらヒソヒソと深夜まで語り合った。そして翌日の中華航空016便で吉岡は慌しく日本に戻っていった。結局、吉岡の見解としては三田が殺された可能性は七割、しかし自分たちにも危害が及ぶ可能性は低いと考えていた。

自分たちに危害が及ぶ可能性を多少なりとも認識しているにもかかわらず、吉岡が平然としていられることに、有吉は驚きを隠せなかった。文革直後の中国大陸に駐在すると、このように達観した心境になるものかと感心した。しかし吉岡はそれなりの対策を講じていた。それは彼の同級生で警視庁に勤める友人にもし自分に万が一のことがあれば、事件として対処してほしいと、今までの経緯を纏め、依頼していたのである。だがこれでは事後に犯人が特定できても、抑止にはならない。

その晩、有吉は行きつけの「京」のカウンターで、今後の対応について思いを巡らした。まず有吉は、あの行天宮の占い師を訪ねてみようと思った。林森北路から行天宮までタクシーで僅か十分程度である。タクシーを降り、地下道に向かう途中、一人の初老の男に出くわした。あの占い師である。ちょうど帰宅するところだったのだろう。占い師は有吉のただならぬ様子を察知したのであろうか、じっと有吉を見つめると、一言

「貴方に危険が迫っています」

と告げた。占い師はさらに続けた。

「しかし貴方の英知により、きっとこれを回避することができる筈です」

と断言した。有吉は占い師の手を握り、丁重に礼を言うと、しばし香煙にかすむ行天宮の廟内に佇んだ。ふとそのとき、有吉はこれからすぐに萬華の龍山寺に行こうと思い立った。タクシーに乗れば僅か二十分である。何か知恵が湧くかも知れない。

万華の龍山寺には幾度となく訪れているが、夜こうして訪れるのは初めてである。昼間は猥

雑に見えるこの界隈も、夜になると一際輝きを増してくる。本殿に鎮座する観音菩薩は様々な表情をみせる。ある時は厳粛に、ある時は優しく、また時には険しい表情に思わず自らの行いを省みることもあるという。これはおそらく光線の加減か、お参りする人の心の状態によるものであろう。有吉が観音菩薩に手を合わせ凝視すると、菩薩はとりわけ優しく、そして柔和に微笑んでいるように思われた。

そして翌日早朝、有吉はある結論を持って李 進智の部屋を訪ねた。有吉は、今までの経緯を、包み隠さず李 進智に話した。

(一) 三田はどこかの特務機関に殺された可能性が高いこと。
(二) 自分も三田のように狙われる懸念があること。
(三) もし相手に殺意があれば、プロなので決して逃げ切れるものではないこと。
(四) 身辺警護を依頼するわけにもいかないので、相手にとって殺害する動機を無くしてしまうことが最も賢明であり、一連の出来事をはやく白日のもとに晒すことが、殺害を未然に抑止し、自分を守る術ではないかと相談した。

また日本から役務ライセンスを取得せずにソフトウェアを持ち込んだ件については、既に五年の時効が成立していることを付け加えた。

（注）このケースの場合、本邦に非居住のため時効は成立しない。

李　李進智は黙って聴いていたが、やがて静かに語りだした。

「いま考えられる方法として、それがベストかもしれない。ところで、どのようにしてこのことを白日のもとに晒すつもりかね」

と訊ねた。

有吉「私は、有名人ではありませんから、記者会見のようなことは出来ません。私に出来ることは、来る八月の任期をこれ以上延長せずに帰国し、一連の出来事を早急に纏め、出版公表することです」

李「本件に対して万全を期することはもちろんだが、君の直属のボスである三田さんは亡くなってしまった。次のボスは誰になるか分からないが、今後のことも考えるとやはり君はこの際、日本に帰ったほうが良いだろう。なにしろ君は単身赴任だからね。君が来てから、会社の売上は三倍になった。僕達がお互いにうまく協力して来たからだと思う。僕が引退するまで、君にこの会社にいて貰いたいが、八月には日本に帰りたまえ。奥さんも待っていることだろうから。日本に帰ったら、毎日奥さんの美味しい料理が食べられるね」

と言いながら立ち上がり、有吉の手を握った。

有吉が帰国を決意してから一週間後のことである。外線電話を受けた秘書が慌てて有吉の部屋に入ってきた。

秘書「有吉さん大変です。徳華科技公司の廖 茂生さんが横断歩道でバイクにはねられ、大怪我をしたそうです。いま淡水の馬楷病院のＩＣＵルームにいるそうです」

詳細を訊ねると、幸い廖は重傷であるが命には別状はないとのことである。

ここ数日でＩＣＵルームから一般病棟に移されるとのことである。一般病棟に移れば面会は可能とのことである。

数日後、面会謝絶が解けると有吉は早速、淡水の馬楷病院に赴いた。廖の病室はすぐに分かった。科別に色分けされた線を辿っていくと目的のところに行くことが出来るように工夫されていた。

病室の扉をノックすると、すぐに廖の声で「ハイ」という返事があった。日本教育を受けた台湾の人々は今日でも「ハイ」と返事をすることが多いので、有吉はこのとき、特に奇異に思わなかった。

室内に入ると、廖はベッドに横になっていたが、有吉が来たことを知ると、すぐに起き上がるようなしぐさをしたので、有吉は慌ててそれを制した。どうやら深刻な状態ではなさそうである。

廖「有吉さん、信号機のない横断歩道で車に気を取られていたら、オートバイにやられてこの通りですよ。車のすぐ後ろにいるオートバイが見えなかったのです」

有吉「打撲だけで済み不幸中の幸いでした」

廖「若い頃ならヒラリと身をかわせたのですが、何しろもう歳ですからね」

こう言ったかと思うと廖 茂生は急に居ずまいを正した。

廖「今日は、お時間は大丈夫ですか」

と有吉に尋ねた。幸い今日の午後はもう予定が入っていない。その旨を告げると廖はゆっくり話を始めた。

廖「有吉さん、あなたは間もなく日本にお帰りになられるそうですね。そこで、この機会にどうしてもお話しておきたいことがあります」

と言うと、廖はコップに入ったお茶を飲みいよいよ本題に入った。

廖「有吉さんはおそらく、薄々気がついておられるかも知れませんが、私はもともと日本人なのです。日本統治時代に日本人であったという意味ではなく、生まれも育ちも日本人という意味です。池内猛夫というのが私の日本名です。生まれは富山県入善町です。話せば長くなりますが、私は帝国海軍のパイロットとしてフィリピンのネグロス島バコロド基地に派遣されていました。当時の階級は中尉です。台湾沖航空戦で特攻出撃しましたが、爆弾がなぜか固定されていないことに気づき、体当たりをせずに敵空母に急降下爆撃を敢行しました。

攻撃終了直後、機体に損傷を受けましたので、もよりのルソン島北部のツゲガラオ基地にたどり着きました。しかし着陸に失敗、負傷し、三ヶ月近く入院しました。入院といってもたいした治療も出来ず、ベッドで横になっているだけです。回復したときは、既に昭和二十年となり、一月九日に米軍はルソン島のリンガエン湾に上陸していました。またこの頃になると、フィリピンの日本軍は総崩れとなり、軍の指揮命令系統も支離滅裂となっていきました。フィリピン戦線の崩壊を見越して、連合艦隊司令長官は本土防衛のためフィリピンにおける残留搭乗員の内地および台湾への帰還命令をだしました。

これに便乗したのでしょうか、昭和二十年一月十六日には第四航空軍司令官みずから、航空部隊再建という理由で山下奉文大将の了解もなしに、独断で幕僚と共に台湾に逃れていきました。これに続き、高級幹部将校の多くもマニラ等の銀行の金庫に保管してあった貴金属やダイヤを持ち出し、残存していた飛行可能な軍用機に積めるだけ積み、我先に台湾や内地に逃れていきました。部下を置き去りにしてです。

フィリピンには南方軍総司令部が置かれていた関係で、占領地から収奪した貴金属や宝石類が山のように、銀行の金庫などに集積されていました。もちろん、混乱を極めていましたから、誰が何を持ち出したか定かではありません。ある少将は、海軍の一式陸攻に木箱に梱包した百キロの金塊を、十箱も搭載して内地を目指していきました。総計一トンの金塊です。本来、搭乗員を帰還させるべき飛行機にもかかわらず、幹部とその幕僚が乗り込み、多くの搭乗員がルソン島に取り残されました。

やがて迎えの飛行機の飛来も途絶えてしまいましたので、彼らは陸軍と合流し陸戦隊となり、多くは戦死したと思われます。積みきれない貴金属や財宝は、各地の洞窟などに埋めて隠された筈です。これがいわゆる山下財宝と呼ばれるものです。

私たちは、破損していた機体を集め、飛行可能な飛行機を再生することにしました。幸い私たちは、バコロド基地でこのような作業を、日常的に行っていましたので、比較的簡単に、何機かの飛行機を再生することが出来ました。

すでにめぼしい貴金属はほとんど持ち出されていましたが、それでも私は二十ドル金貨を百枚ぐらいと若干の宝石をかき集め、相棒と共に台湾に向けて飛び立ちました。私は航空機搭乗員ですから、帰還命令に従ったわけで、高級幹部将校のよう便乗して逃亡したわけではありません。

さて、相棒と共にツゲガラオ基地を飛び立った私は、一路北を目指しました。もとより再生された機体ですから、とにかく台湾に到達すれば良いと思いました。また、搭載されていた機銃は、陸戦用に転用していましたので丸腰です。途中敵機に遭遇したら万事休すです。当然夜間の飛行となります。しかし再生された飛行機にもかかわらず、飛行機は快調に飛び続けましたので、直接に台北の松山空港を目指すことにしました。それは台南や新竹は軍の基地ですから、夜間に得体の知れない飛行機が飛来すると味方から対空砲火を浴びる危険があったからです。また、台南や新竹基地に直行した場合、例の持ち出した金貨や宝石はすべて上納させられると計算したこともその理由の一つかもしれません。高級幹部将校たちが、本来搭乗員を帰還させるべき飛行機にもかかわらず、金塊やダイヤモンドを積み込んで日本に向かっていったのは、彼らなりの思惑と成算があってのことであろうと思いました。そして私たちも、これから予見される変革に、この金貨が必要ではないか感じ取ったのです。

台北に着いたのは深夜で真っ暗でしたが、無事着陸することが出来ました。松山空港はフィリピンに着任する直前、台湾南部の天候不良により立ち寄ったことがあり、夜間でも着陸する自信はありました。空港には当直の者しかいなかったため、私たちは翌日改めて出直すことにしました。

翌日早朝、私たちはまず台湾神社近くの裏山に登り、金龍寺の参道に並ぶ石像の脇に件の金貨や宝石を埋めて隠しました。その後、海軍新竹基地に出頭しました。

フィリピン攻略後、アメリカは台湾に上陸するのか、それとも沖縄に向かうのかいろいろ取沙汰されていました。以前、有吉さんが指摘されていたように台湾の山々は峻険で谷は深い。アメリカの機械化部隊には不向きである。戦後を睨んだ政治的な理由もありアメリカは沖縄に向かいました。

私たちは本土防衛のため、内地の航空隊に送られるのかと思っていましたが、そのまま台湾にのこり、新竹航空隊で終戦を迎えました。このおかげで私が戦死しないで生き延びたのかもしれません。それにしても台湾沖航空戦で特攻出撃したにもかかわらず、燃料タンクは満タンで、しかも二百五十キロ爆弾が固定されていなかったのは、上官の指示を無視した整備責任者の配慮によるものと今でも感謝しています。ただ残念なことに、私の機に乗っていた相棒は、終戦直前のことですが、新竹空襲に遭い地上で戦死してしまいました。残念でなりません。

さて、終戦当時、台湾在住の日本軍は陸海軍十七万人、民間人三十二万人、あわせて約五十万人の日本人がいました。台湾に国府軍が進駐してくることになっていましたが、終戦後しばらくは、島内で何か大きな変化が起きたわけではありません。終戦を境に突如として今まで使われていた日本語が廃止され、中国語が使われたわけではありません。相変わらず街では日本語が使われ、日本語の新聞が発行されていました。ただ、目立った変化と言えば、収入の途絶えてしまったお役人や先生など給与生活者達が家財道具を道端で売り始めたぐらいのものです。

やがて国府軍の進駐と前後して日本人の引き揚げが始まりました。この間とくに混乱や流血事件が発生したこともありませんでした。去りゆく日本人教員のため、台湾人の教え子達が送別会を催すこともあったほどです。日本が混乱を極め、餓死寸前であるとの情報もあり、私は日籍留用技術者としてそのまま台湾に残ろうと画策しました。また復員する場合、乗船前の荷物検査があり、あの金貨や宝石を台湾から持出すことが困難であったこともその理由の一つかもしれません。

私が台湾管轄下の軍人ではなく、また既に戦死扱いされていたからでしょうか、意外と簡単に認められました。というよりもむしろ形の上では強制的に指名された格好です。日本軍が台湾に残置した各種の航空機を整備、運用する技術者が必要だったからです。しかしこの結果、一九四七年の二二八事件を目の当たりにすることになります。

あの光景は、いまでも思い出したくないほど酷いものでした。とくに私は留用技術者という体制側の人間でしたから、かつて自分の同胞であった台湾人に対する国民政府のむごい仕打ちに心は痛みました。

さて国民政府の大陸失陥と前後して、大陸から軍人だけではなく、共産主義を忌避した多くの民間人も台湾に逃れてきました。軍民合わせて二百万人で、当時台湾の人口が六百六十万人と言われていましたから、その三割にも匹敵します。当然戸籍などはメチャメチャになりますから、わたしはドサクサに紛れ、例の金貨や宝石で、戸籍担当の役人を買収し、廖 茂生という戸籍を手に入れました。激しいインフレが進行していましたから、その効果は絶大でした。その後、私はことあるごとに、例の金貨や宝石を目立たないように売り、今日まで過ごしてきましたのです。わたしの事業の元手もあの金貨によるものです」

廖 茂生は此処まで話し終えると、おおきく深呼吸した。有吉は、ふと廖 茂生の話のなかで、一部どこかで同じような話を聞いたことに気がついた。「特攻攻撃を命じられたものの、上官の命令を無視し片道燃料ではなく、燃料タンクを満タンとし、二百五十キロ爆弾を固定しなかった」というくだりである。

鎌倉の叔父の岡田章雄も何時かどこかで似たような話をしていたことを思い出した。叔父もまたフィリピン戦線の生き残りである。何処の島にいたか残念ながら記憶に無いが、たしかバコロド基地にいたと言っていたはずである。

有吉「あの、もしや特攻出撃した基地にオカダというものがおりませんでしたか」

廖「オカダ、そう、オカダ・アキオだ。確か相当年配の中尉だった。それで有吉さん、どうしてオカダ・アキオを知っているのですか！」

有吉「岡田章雄はわたしの叔父です。いま鎌倉に住んでいます。もう歳ですが元気です」

廖は「エッ」と大きな声を上げ、しばらく絶句した。

廖「オカダ中尉は生きておられたのですか。オカダ中尉は私の命の恩人です。有吉さん、是非オカダさんに私がこうして生きていることをお伝えください。私は廖 茂生として幾度も日本に行きましたが、知らずに本当に失礼しました。私は日本に行くと、必ず故郷の富山県入善町の養照寺に赴き墓参りをすることになっています。以前有吉さんから富山の蒲鉾をお土産に頂いたとき、本当にビックリしました。あれは私の故郷の蒲鉾だったからです。既に両親は無く、兄弟もおりませんので、もう誰も私のことを知る人は無いと思っていました。オカダさんが生きておられると知り本当に感激です。これこそまさに奇遇です。まさに神のお引き合わせによるものと感謝します」

二人の間にしばし沈黙が続いた。

廖「以前、ちょっと話題になりましたが、台湾東部の山中で、海軍機の残骸が発見された件ですが、あの飛行機はツゲガラオ基地から金塊やダイヤモンドを積み込んで、我先に飛び立っていったうちの一機ではないかと私は睨んでいます。その根拠は三人乗りの艦上攻撃機にもかかわらず、一柱の人骨しか発見されなかったからです。例の飛行機の残骸が発見された場所は、原住民すなわち高砂族のすむ山奥ですから、確認することは困難ですが、あの飛行機には『N』と言う少将と高級参謀の『S』が搭乗していたのではないかと思います。操縦士は着陸時に事故死をしたか、或いは口封じのため殺されたのではないかと思います。あの二人は、なぜか何時の間にかフィリピンを脱出し、ドサクサに紛れ、そのまま終戦を迎えたそうです。彼らは何食わぬ顔で軍人恩給をもらい、いまでは世田谷に豪邸を構え、悠々自適の生活を送っていると聞いています」

ここまで話し終えると廖 茂生はホッとしたのであろうか、急に疲れを覚えた様子である。そろそろ、此処を辞したほうがよさそうである。

それから、一ヵ月後のことである。有吉は廖 茂生に国賓大飯店のロビーに呼び出された。

廖「お忙しいところお呼び立てしてすみません。やっと退院できました。じつは私の形見としては、すこし早すぎるかもしれませんが、有吉さんの台湾駐在記念としてお受け取りください」

と小さな封筒に入った物を手渡した。なかを覗くと二十ドル金貨が入っていた。

表の刻印には LIBERTY　1924
裏にはUNITED STATE OF AMERICA
　TWENTY DOLLARS IN GOD WE TRUSTと刻まれていた。

廖　「例の二十ドル金貨です。最後の二枚のうちの一枚です」

第十部　大団円

そして三十年以上の歳月が流れた。すっかり白髪になった有吉は夕闇せまる円覚寺の境内に一人佇み、昔日の日々に想いを馳せていた。幼稚園児として登園していたとき、幼いながら、自分の運命がこれからどの様に展開していくか期待と一抹の恐れをもって仏前に額ずいていたことを思い出した。

幸運にも天は自分に八十年の時間を与えてくれた。この八十年とはいったい何であったのか。そして、この与えられた八十年も夢のように過ぎ去ろうとしていることは確かである。

「人生本是夢、人生は所詮夢である」しかし、この夢は寝ている時見る「夢」とは違う。それはいわゆる「夢」には脈絡が無いが、人生という「夢」は極めて論理的に構築されており、因果関係がはっきりしている。自分の言動が、冷酷にも次なる結果を招来するのである。しかし、過ぎ去った過去を振り返ってみる限り、やはりそれは夢にしか過ぎない。

円覚寺の佇まいは、あの時とほとんど変っていない。ここに一人佇み、過ぎし日々を想うと全てが夢のようである。顧みれば、無我夢中でその時々を真剣に生き、進むべき道を模索していたはずである。

今まで、様々な危険と重大な局面に遭遇した。あの時、最善の努力と選択をしたか否か確信は無いが、こうして大過なく人生を終えようとしている。だが、これは自分だけで、なしえたものでは無いことは明らかである。

自分はいままで何者かに加護され導かれてきたように思えてならない。本堂や選仏堂の本尊に深々と頭を垂れ、無期の時を過ごすと、自ずと歩みは舎利殿に向かった。舎利殿の蒼龍窟脇には有吉家の墓がある。墓前にたたずみ、手を合わせた。

ここには父母と夭折した姉が葬られている。父母が他界してからもう久しい。父母の死後、薄幸であった亡き姉もやっと両親のもとに戻ることができたのであろう。こう思うと万感胸に迫り来るものがあった。その時である、むかし聞き慣れた陳　芬蘭の唄う「你儂我儂」の一節が記憶に蘇ってきた。

「常陪君傍　永伴君側　・・・　縦今以後　我可以説　我泥中有你　你泥中有我　我ハ常ニ汝ノ側ニアリシモ、（汝ガ篤キ病ニ臥セシ）アノ日ヨリ、我ハ汝ト共ニ在リナン」

その刹那、耳元で姉の声が聞こえた。いや聞こえてきたような気がした。

「忠一さん。またお参りに来てくれたのね、有難う。でも私は此処にはいないのよ。だってあの日以来、私は今まで、ずっとあなたに憑いてあなたを護り続けてきたのだもの。でも、どうやら私の役目も終わったようね。これから私は、お父様とお母様とずっといっしょだわ」

有吉忠一が死の床に着いたのはその七日後のことであった。有吉を最期に見舞ったのはあの吉岡であった。その際、有吉は驚くべきことを口にした。それは「今まで自分自身、全く意識していなかったが、自分は夭折した姉の霊に護られ、導かれてきたように思えてならない。もしかすると、いままで自分を支配していたのは、亡き姉そのものだったのかもしれない。実を言うと、私は他人の表情を看て、その人が何を考えているか察知できただけではない。時には物事の結末までも予知することができた。だが、ごく最近に至るまでそれを明確に意識することはなかったので、この能力を生涯にわたり悪用することが無かったことは幸いだった」と語ったそうである。（完）

二〇〇九年十月十日

本作品は史実を背景にしたフィクション小説です。

小説に登場する人物の発言は著者の思想や信条となんら関係を有するものではありません。

以下の文献を参照しております。

豊田　譲著『雪風ハ沈マズ』光人社
豊田　譲著『二等兵は死なず』講談社
吉村　昭著『陸奥爆沈』新潮社
駆逐艦雪風手記編集委員会編『世界奇跡の駆逐艦　雪風』
片桐大自著『聯合艦隊　軍艦銘銘伝』光人社
米澤健次著『中国に渡った日本軍艦　世界の艦船』
米澤健次著『中国貿易関連規定集』創英社　三省堂書店
米澤健次著『日本残留孤児　南海の島に　海軍中尉　田村　宏遺稿集より』
産経新聞社編『あの戦争　太平洋戦争全記録』
服部雄一著『多重人格』ＰＨＰ研究所
酒井和夫著『分析・多重人格のすべて』二見書房
米澤　滋著『対山荘雑記』東京出版センター

米澤　滋著『私の履歴書』日本経済新聞社
米澤　滋著『想い出すまま』電気タイムス
米澤　滋著『科学技術とともに』東京出版センター
株式会社情報通信総合研究所編『米澤　滋　追想録』日本電信電話株式会社
蒋　経国著『わが父を語る』新人物往来社
小谷豪冶郎著『蒋　経国傳』プレジデント社
張　群著『日華・風雲の七十年　古屋奎二訳』サンケイ出版
郭　中端著『中国人の街づくり』相模書房
史　明著『台湾人四百年史』新泉社
王　育徳著『台湾』弘文堂
張　國興著『台湾人教材』台湾文史叢書
張　國興著『海外看台湾』前衛出版社
台湾誌『尖端科技』八一号
台湾誌『全球防衛雑誌』六三号
台湾誌『全球防衛雑誌』八三号
台湾誌『全球防衛雑誌』八四号

中国に渡った日本軍艦
―連合国に渡った海軍残存艦艇―

第二次大戦終結後、連合国の一員として戦勝国となった中国は日清戦争で我国が戦利品として捕獲した旧清国海軍の戦艦鎮遠の錨を回収するとともに、三十四隻にのぼる旧日本海軍艦艇を取得した。

このなかには、不滅の駆逐艦と謳われた雪風も含まれており、これらがその後中華民国（台湾）海軍の中核となったのである。ちなみに、鎮遠の錨を回収するまでの経緯について中華民国の軍事専門誌『尖端科技』は次のように紹介している。

甲午之戦役（日清戦争）の黄海海戦で清国海軍は、本来劣勢であった日本海軍により壊滅させられてしまった。当時、世界でも最大級の八千トン、十二インチ砲搭載の戦艦定遠は沈没、同型艦鎮遠は威海衛で日本海軍に捕獲されてしまった。

その後日本軍艦として日露戦争にも参加した鎮遠は、退役後日清戦争の記念として、その錨を上野公園に展示するところとなった。この錨のまわりには、主砲の十二インチ徹甲弾十二発を配し、弾頭のうえには百フィートに及ぶ錨鎖をめぐらした。錨の前には日清海戦の経緯が克明に記されており、当時の清国政府の腐敗、海軍の無能ぶりをさらけ出していた。以来、在日華僑、留学生は上野公園に行くたびに心を痛め、半植民地と化した祖国の荒廃に涙したのであった。

第二次大戦終結後、中華民国政府は、鐘　漢波少校（当時）を駐日海軍首席参謀として派遣、占領軍総司令部と交渉して錨の回収を図ることになった。当初、占領軍総司令部は、第二次大戦の戦後処理とは関係の無い事項であるとして取り合わなかったが、中華民国が日本に対して、以徳報怨（徳を以て怨に報いること）の寛大な処置をとったこともあり、一年余りの交渉の末、遂に占領軍総司令部は錨を中国側に返還することに応じたのであった。

一九四七年五月一日、東京の芝浦埠頭にて返還された錨は上海に運ばれた後、青島の海軍学校に対日戦勝記念として陳列展示されることとなった。こうして中国は五十年にわたる国恥を削ぐことになったのである。

連合国に分配された海軍残存艦艇

さて、第二次大戦終結時残存した日本艦艇は、兵装を撤去し復員輸送任務に就いていたが、一九四七年初、その任務が終了すると、アメリカ、イギリス、中国、ソ連の四か国により、賠償として均等分配されることになった。

分配の対象となったのは、駆逐艦以下の艦艇百三十五隻で、一九四七年五月末横須賀と佐世保に集結させられ、六月二十八日には、連合軍総司令部（東京第一生命ビル）にて抽選がおこなわれた。

接収された駆逐艦の内訳をみると、大正時代に竣工した峯風、野風型から終戦直前に竣工した戦時急造の松型、橘型に至るまで多種多彩である。

これらの各型はいずれも、その時代の要請により生まれたものである。

これらを時代順に追ってみると次の通りである。

（一）峯風型、野風型

一九一八年に八八艦隊の主力艦随伴を目的に計画されたもので、航洋性、兵装に対する要望を満たし、従来の英国の模倣より脱した純日本式の設計となった。後期建造の野風型は峯風型とは兵装配置が異なるので区別されている。

（二）特型

一九二一年のワシントン条約により主力艦の建造が制限された後、この劣勢を補うべく、海軍技術陣が心血を注ぎ設計したもので、その美しい艦影と画期的な性能諸元は世界の海軍関係者の注目を浴びた。ソ連に接収された「響」は特型の後期建造の特Ⅲ型「暁、響、雷、電」四隻のうちの一艦である。

（三）陽炎型

一九三七年に条約の制限を受けることなしに計画、設計されたバランスのとれた多目的駆逐艦で兵装、速力、航続力ともに優れ当時の英米の水準を凌駕していた。なお、夕雲型は陽炎型に一部改良を加えた発展型であるがすべて戦没している。

（四）秋月型

一九三九年に空母の直衛艦として計画された。長砲身の十センチ連装高角砲四基を主砲とし、機動部隊に随伴できる長大な航続力と速力を具備した。

（五）松型、橘型

一九四二年末、戦争の激化による駆逐艦の喪失を補うため計画されたいわゆる戦時急造駆逐艦である。高張力鋼の代わりに普通鋼板を使用するなど資材面での制約があった。この点、時を同じくして接収された海防艦の多くも同じような制約下に計画、建造されたものである。

抽選により四か国に分配された艦艇で、アメリカ、イギリスに接収され本国に回航、再使用されたものはなく、多くはスクラップとなった。ただ、秋月型の一艦である「花月」については、ＤＤ９３４という米駆逐艦番号を付され、各種実験調査の対象となった。

大戦中米軍パイロットが、しばしば巡洋艦と誤認したといわれる月クラスの対空駆逐艦に米軍は興味を持ち、戦後解析されることになったと言われている。

一方、ソ連に接収された艦艇はナホトカへ、中国に接収された艦艇は、上海、青島へ回航され、残りの半生を異国の国旗のもとでその任務を果たしたのである。これらの艦艇がそれぞれどのような運命を辿ったかについては、残念ながら詳細な資料がない。僅かに、台湾の軍事専門誌『尖端科技』並びにソ連解体後入手された『ソ連海軍の接収艦艇と賠償により得た艦艇』という文献により窺い知ることが出来るだけである。中国は抽選により駆逐艦七隻、海防艦十七隻、敷設艇等八隻、輸送艦二隻の合計三十四隻、三万五千トンを取得した。艦の情況、トン数からみても、抽選結果は他の三か国に比べて、満足のいくものであったといわれている。しかし、裏話によれば、最初にアメリカがベストシップと評価されていた雪風を籤で引き当てたが、海軍のほとんど無かった中国にアメリカが一番札を譲ったとも言われている。雪風にしてみれば、海軍が殆んど無かった中国に引き取られることが幸せであったことはいうまでもない。この三十四隻中の駆逐艦七隻は、陽炎型の雪風、秋月型の宵月、野風型の波風、松型の杉、楓、橘型の蔦、初梅であった。

一九四七年七月一日、いよいよ中華民国への引き渡しのための第一陣、雪風、初梅、楓の駆逐艦三隻と海防艦五隻は随伴艦の元敷設艦若鷹とともに佐世保を離れ、一路上海に向かった。各艦の前檣には、占領軍が指定した紅藍両色E字欠缺旗を、艦尾には日の丸を掲げていたという。

回航にあたったのは、高岡司令の率いる二百余名の日本海軍将兵であった。九隻の艦隊は五十二時間を要し、揚子江河口に到着した。一九四七年七月三日午後二時、艦隊は上海呉淞に投錨した。

ここで中国側将兵百余名が八隻の接収艦に同乗、黄浦江を単縦陣で遡った。七月六日午前、高昌廟碼頭で接収式典が挙行された。式典は簡単ではあったが、おごそかに執り行われたという。まず、先頭に投錨した雪風の前檣に掲げられた日の丸が降ろされたのち、中華民国国旗である青天白日旗が掲げられた。

中国側に引き渡すにあたり、日本海軍将兵は帝国海軍の誇りにかけて、艦をピカピカに磨き上げ、完璧な整備を施したという。

一方中国側も回航にあたった海軍将兵の労をねぎらう為、タバコと中華菓子を供した。敗戦国の将兵に対してもそれなりの儀礼を以って接した中国側のやりかたに深い感銘を受けたという。

こうして回航にあたった二百余名の将兵は万感の思いを胸に、随伴してきた若鷹に乗り上海をあとにした。

第二陣九隻は七月末上海に、第三陣八隻は八月末、第四陣九隻は十月末に青島基地にそれぞれ到着した。戦争終結時、中国海軍は揚子江上に浮かぶ十一隻の小型砲艦がその保有艦艇のすべてであった。

日本海軍は大陸各地と台湾の港には二百隻に及ぶ艦船を配備していたが、連合軍の爆撃により終戦時使用可能だったものはわずか三隻のみであった。その後アメリカの援助があったものの、接収した日本艦艇はトン数でいうと全中国海軍の二十二％に達した。特に外洋作戦艦艇については実に三分の一を占め、中華民国海軍創設の核となったのであった。

決死の大陸脱出

対日戦終結後、国民党と共産党の相剋は次第に内戦の様相を呈してきた。こうしたなかで旧日本艦艇は、共産軍に対する輸送阻止作戦、海賊の取締り、艦砲射撃など休む暇なく働いた。しかしこれらの奮戦にもかかわらず、一九四九年になると、陸上における形勢は逆転、国民党軍は劣勢となった。

四月二十日共産軍は突如、大挙して揚子江を渡河してきたため、国民党軍は総崩れとなった。当初、ソ連のスターリンは、中国が強大となることを恐れ、毛沢東の共産軍には旧満州を、蒋介石の国民党には揚子江以南を、それぞれ分割して統治させる腹づもりであったそうである。しかし、毛沢東はこれを無視、意表をついて揚子江を渡河し、全中国大陸を掌握する挙にでたのである。

これがその後の中ソ対立の遠因となったそうであるが、それはさておき、この渡河作戦と前後して揚子江岸の江陰要塞が、寝返りにより共産軍の手に陥ちてしまったため、揚子江上にあった艦艇は文字通り袋の鼠となってしまった。

この絶体絶命のピンチに、初梅、白崎、第六七号海防艦（中国名はそれぞれ信陽、武陵、營口）などの旧日本艦艇は、共産軍の包囲網を強行突破、虎口を逃れた。しかしながら海防艦の一九八号と一九四号（中国名はそれぞれ興安、威海）は、共産軍の手に渡る前に破壊、放棄された。

こうして国民党の大陸失陥に伴い、台湾に逃れることができたのは、接収艦艇三十四隻のうち二十四隻で前述の海防艦二隻を含む十隻は共産軍の手に陥ちた。国民政府は台湾に逃れた後、台湾防衛のため海軍力の増強を図り、これらの旧日本艦艇の整備、大改修を行なった。

初梅（信陽）に至っては主機、主砲、通信機材一式そっくり更新している。

こうして共産軍の台湾攻略に備えて整備された旧日本艦艇は、その後の作戦行動から訓練に至るまで、新設海軍の骨幹となったのであった。

一九五三年の東山島作戦時には二十三隻が、一九五五年の大陳島撤退時には十九隻の接収日本艦艇がなお台湾水域を遊弋していた。

しかし、これら第一線における戦闘任務は過酷で、各艦とも南北に転戦するうちに、修理、保守もままならなくなってしまった。このためその後漸次退役し、一九五八年の金門島砲撃時には十一隻となり一九六五年の台湾海峡海戦時には、三隻になってしまった。

名艦は死して名を残す

最後に退役したのは雪風であった。雪風はこの陽炎型十九隻の八番艦で、終戦時残存した唯一の陽炎型である。接収後、雪風は「丹陽」と名を変え中華民国海軍の旗艦となった。ちなみに「丹陽」とは字の如く「紅い太陽」の意であるが、上海と南京の間にある地名とみるのが妥当であろう。

接収後の兵装は、当初、前部に日本海軍の五インチ連装砲塔一基と、後部に長十センチ連装高角砲二基を搭載したが、後に米軍の五インチ単装砲三門、三インチ砲二門、四十ミリ機銃十門に換装されている。また、最高速力は二十八ノットであった。

丹陽と名前を変えた雪風は、長年にわたり中華民国海軍の旗艦として台湾海峡におけるいくたびの大きな作戦に参加してきた。

特に一九五四年六月、戦略物資を積んで密かに中国大陸に向かうソ連の油槽船トーブス号（TUAPSE）を拿捕し、高雄港に連行したことが知られている。

台湾海峡に平和が戻った後も、丹陽は栄光の艦として、海軍練習生をのせ東南アジア各国を歴訪する光栄に浴したが、やがて長年の酷使により老朽化が進み、艦齢二十九年に達した一九六九年、遂に台湾左営の軍港にて退役となり長い数奇の生涯を終えたのであった。

また、奇しくもこの同時期に、ソ連に接収された駆逐艦春月と桐、海防艦神津と第七七号、第一〇二号が除籍されている。

中華民国政府は、日本との友好を鑑み、解体後の一九七一年十二月八日、雪風の舵輪と錨を我国に返還した。敗戦により他国に賠償として接収されたといえども、そこでかくも長く大切に扱われ、新設海軍の核として台湾防衛を担ったことは我々日本人にとってせめてもの慰めとなった。

しかし、運命とは不思議なもので、中国に接収されたことにより、雪風は戦後においても、長きに渡りその輝かしい戦歴にふさわしい役割を与えられたのであった。かつての接収艦に付けられた栄光の艦名は、その後中華民国海軍艦艇に引き継がれ今日に至っているものもある。

台湾誌『全球防衛雑誌』は雪風について次のように記述している。

「陽炎型駆逐艦のうち唯一の生き残りである雪風は、太平洋戦争中いくたびの激戦を戦い抜き、その度に奇跡的に生還した。以て、栄光の駆逐艦と称されている。戦後は、日僑（日本人居留民のこと）送還のための輸送艦として遠くポートモレスビー、ラバウル、サンジャック等に赴いた。

一九四七年七月六日午前、上海の高昌廟碼頭にて、中華民国が引き渡しを受け「丹陽」と命名された。中華民国政府は雪風の輝かしい戦歴を鑑み中華民国海軍の旗艦として一九六〇年代まで我国海軍の中核として働いた。

一方、日本人は雪風を日本海軍不滅の象徴として、その思いは断ちがたかった。よって、わが中華民国政府は日華親善外交の名において、退役解体後、その舵輪と錨を日本に返還したのである。この舵輪と錨は、今日に至るまで江田島の海上自衛隊術科学校の教育参考館に陳列されているのである」

さて、「丹陽」が退役したのは一九六九年のことであるから、海上自衛隊の国産護衛艦「ゆきかぜ」と併存した期間は十年以上に及ぶ筈である。新旧の「ゆきかぜ」と「雪風」が果たして洋上で邂逅したかどうか思いを馳せるとき、数奇な運命を辿っていったこれらの艦に一層の哀惜の念を禁じえないのである。

(注) 本作品は『世界の艦船』四八七号に掲載されたものに一部加筆修正したものである。

参考文献
『中国へ渡った日本軍艦』(世界の艦船四八七号) 米澤健次著
『真実の艦艇史』学研
『図説写真　帝国連合艦隊』講談社

『日本史小百科　海軍』近藤出版社　外山三郎著
『連合艦隊の生涯』朝日ソノラマ　堀元美著
『連合艦隊軍艦銘々伝』光人社　片桐大自著
『世界の艦船』各号　海人社
『丸』各号　光人社
台湾誌
『尖端科技』八一号
『全球防衛雑誌』八三号
『全球防衛雑誌』八四号

アメリカは陽炎型駆逐艦の建造計画を察知すると、今までの計画を破棄し陽炎型に対抗できる強力なフレッチャー級駆逐艦の大量建造を開始したといわれている。フレッチャー級駆逐艦は実に一七五隻が竣工し、戦後は同盟国に貸与ないし供与された。一九五九年には、このフレッチャー級駆逐艦の二隻が海上自衛隊にも貸与され、それぞれ「ありあけ」、「ゆうぐれ」と命名され、横須賀の長浦湾に停泊していた。

またこの長浦湾には、戦後の一九五六年に建造された国産護衛艦「ゆきかぜ」や旧海軍の松改型駆逐艦「梨」を引き揚げた「わかば」も停泊していた。まことに歴史の変遷を感じさせる光景であった。

一九九四年八月十五日　　米澤健次

附　　表

連合国に渡った海軍残存艦艇

型	名	アメリカ	イギリス	ソ連	中国
駆逐艦	峯風型		夕風		
	野風型				波風
	特　型			響	
	陽炎型				雪風
	秋月型	花月	夏月	春月	宵月
	松　型	樫、欅、柿、樺	竹、槇	桐、榧	楓、杉
	橘　型	雄竹	萩、菫、楠	椎、初桜	蔦、初梅
	小　計	６隻	７隻	６隻	７隻
海防艦	占守型			占守	
	択捉型	択捉	福江		対馬、隠岐
	御蔵型		倉橋		屋代
	日振型		波太		四阪
	鵜来型	保高、宇久、羽節	奄美、金輪	神津、生野	
	小　計	４隻	５隻	３隻	４隻
	１号型	４隻	３隻	６隻	６隻
	２号型	９隻	８隻	８隻	７隻
	小　計	１３隻	１１隻	１４隻	１３隻
其　他		１１隻	１０隻	１１隻	１０隻
合　計		３４隻	３３隻	３４隻	３４隻

米国への配分が３３隻という記述もある（連合艦隊の最後　伊藤正徳著）

接収駆逐艦の要目

型	名	t 排水量	m 全　長	m 最大幅	最大速力	mm 主　砲	mm 魚　雷	25ミリ機銃	浬 航続力	建造数
駆逐艦	峯風型	1215t	102.6	8.9	39 節	120x4	530x6	−	14節　3600	12 隻
	野風型	1215t	102.6	8.9	39 節	120x4	530x6	−	14節　3600	3 隻
	特Ⅲ型	1680t	118.0	10.4	38 節	127x6	610x9	−	14節　5000	4 隻
	陽炎型	2000t	118.5	10.8	35 節	127x6	610x8	2X2	18節　5000	19 隻
	秋月型	2701t	134.2	11.6	33 節	100x8	610x4	2X2	18節　8000	12 隻
	松　型	1262t	100.0	9.4	28 節	127x3	610x4	3X4 1X8	18節　3500	18 隻
	橘　型	1289t	100.0	9.4	28 節	127x3	610x4	3X4 1X8	18節　3500	14 隻

25ミリ機銃は計画時　　建造数は竣工済みのもの　　　　　　世界の艦船 500号

接収海防艦の要目

型	名	t 排水量	m 全　長	m 最大幅	最大速力	mm 主　砲	爆　雷	25ミリ機銃	浬 航続力	建造数
海防艦	占守型	860t	78.0	9.1	19.7節	120x3	18	2X2	16節　8000	4 隻
	択捉型	870t	77.7	9.1	19.7節	120x3	36	2X2	16節　8000	14 隻
	御蔵型	940t	78.8	9.1	19.5節	120x3	120	2X2	16節　5000	8 隻
	日振型	940t	78.8	9.1	19.5節	120x3	120	3X2	16節　5000	9 隻
	鵜来型	940t	78.8	9.1	19.5節	120x3	120	3X2	16節　5000	20 隻
	１号型	745t	67.5	8.4	16.5節	120x2	120	3X2	14節　6500	53 隻
	２号型	740t	69.5	8.6	17.5節	120x2	120	3X2	14節　4500	63 隻

25ミリ機銃は計画時　　建造数は竣工済みのもの　　　　　　世界の艦船 507号

1：米国

	艦名	排水量	竣工日	引渡日	引渡場所	備考
駆逐艦	花月	2701t	1944.12.26	1947年 8月28日	青島	DD934 と米駆逐艦番号を付与、調査後標的として海没処分
	樫	1262t	1944. 9.30	1947年 8月 7日	佐世保	1948年 3月20日解体
	欅	1262t	1944.12.15	1947年 7月 5日	横須賀	標的として海没処分
	柿	1262t	1945. 3. 5	1947年 7月 4日	青島	標的として海没処分
	樺	1262t	1945. 5.29	1947年 8月 4日	佐世保	1948年 3月 1日解体
	雄竹	1289t	1945. 5.15	1947年 7月 4日	青島	標的として海没処分
海防艦	択捉	870t	1943. 5.15	1947年 8月 5日	呉	1947年10月13日解体終了
	保高	940t	1945. 3.30	1947年 7月19日	浦賀	1948年 3月 1日解体終了
	羽節	940t	1945. 1.10	1947年 9月 6日	呉	1947年10月13日解体終了
	宇久	940t	1944.12.30	1947年 7月 4日	青島	標的として海没処分
	12号	740t	1944. 3.22	1947年 9月 5日	佐世保	1947年11月30日解体終了
	22号	740t	1944. 3.24	1947年 9月 5日	佐世保	1947年12月31日解体終了
	26号	740t	1944. 5.31	1947年 9月 6日	呉	1947年10月13日解体終了
	36号	740t	1944.10.21	1947年 7月19日	横須賀	1948年 1月 3日解体
	44号	740t	1944. 8.31	1947年 7月 5日	横須賀	標的として海没処分
	58号	740t	1946. 4. 8	1947年 7月31日	佐世保	1947年11月30日解体終了
	106号	740t	1945. 1.14	1947年 7月 5日	横須賀	1947年 8月29日解体終了
	150号	740t	1944.12.24	1947年 7月 4日	青島	標的として海没処分
	158号	740t	1945. 4.13	1947年 7月25日	舞鶴	1947年12月31日解体終了
	37号	745t	1944.11. 3	1947年 9月 4日	大阪	1947年10月30日解体終了
	49号	745t	1944.11.16	1947年 9月 1日	清水	1948年 1月31日解体終了
	87号	745t	1945. 5.20	1947年 7月29日	長崎	1948年 5月15日解体終了
	207号	745t	1944.10.15	1947年 7月 4日	青島	標的として海没処分
其他	輸 9	1500t	1944. 9.20			大洋捕鯨に貸与後、1948年10月 1日解体終了（米側資料）
	輸147	890t	1945. 1.25	1947年11月13日		1948年 3月31日解体終了（米側資料）
	掃 21	648t	1942. 6.30	1947年10月 1日	青島	標的として海没処分
	駆 47	420t	1943. 8.12	1947年10月 1日	青島	標的として海没処分
	敷設艇					
	石埼	720t	1942. 2.28	1947年10月 1日	青島	標的として海没処分
	加徳	405t	1916. 4. 4			日本に売却返還　巡視船「加徳」となりその後民間船となる
	粟島	766t	1946. 4.18	1947年10月 1日	青島	標的として海没処分
	特務艦					
	荒埼	920t	1943. 5.29			日本に売却返還、練習船「海鷹丸」となる
	掃海特務艇					
	13	215t	1943. 4.14	1947年10月 1日	青島	標的として海没処分
	18	215t	1943. 7.31	1947年10月 3日	青島	標的として海没処分
	21	215t	1943. 6.15	1947年10月 1日	青島	標的として海没処分
	駆逐艦	6				
	海防艦	17				
	その他	11				
	計	34				

２：英国

	艦　名	排水量	竣工日	引渡日	引渡場所	備　考
駆逐艦	夏月	2701t	1945. 4. 8	1947年 9月 3日	浦賀	1948年 3月 1日解体終了
	竹	1262t	1944. 6. 16	1947年 7月16日	ｼﾝｶﾞﾎﾟｰﾙ	解体
	槇	1262t	1944. 8. 10	1947年 8月14日	ｼﾝｶﾞﾎﾟｰﾙ	解体
	夕風	1215t	1921. 8. 24	1947年 8月14日	ｼﾝｶﾞﾎﾟｰﾙ	解体
	萩	1289t	1945. 3. 1	1947年 7月16日	ｼﾝｶﾞﾎﾟｰﾙ	解体
	菫	1289t	1945. 3. 26	1947年 8月20日	香港	標的として海没処分
	楠	1289t	1945. 4. 28	1947年 7月16日	ｼﾝｶﾞﾎﾟｰﾙ	解体
海防艦	福江	870t	1943. 6. 28	1947年 7月16日	ｼﾝｶﾞﾎﾟｰﾙ	解体
	倉橋	940t	1944. 2. 19	1947年 9月14日	名古屋	1948年 1月15日解体終了
	波太	940t	1945. 4. 7	1947年 7月16日	ｼﾝｶﾞﾎﾟｰﾙ	解体
	奄美	940t	1945. 4. 8	1947年 9月10日	広島	1947年12月20日解体終了
	金輪	940t	1945. 3. 15	1947年 8月14日	ｼﾝｶﾞﾎﾟｰﾙ	解体
	8号	740t	1944. 2. 29	1947年 7月16日	ｼﾝｶﾞﾎﾟｰﾙ	解体
	16号	740t	1944. 3. 31	1947年 8月14日	ｼﾝｶﾞﾎﾟｰﾙ	解体
	32号	740t	1944. 6. 30	1947年 7月16日	ｼﾝｶﾞﾎﾟｰﾙ	解体
	60号	740t	1944. 11. 9	1947年 8月14日	ｼﾝｶﾞﾎﾟｰﾙ	解体
	126号	740t	1945. 3. 26	1947年 8月14日	ｼﾝｶﾞﾎﾟｰﾙ	解体
	154号	740t	1945. 2. 7	1947年 9月10日	因島	1948年 3月 1日解体終了
	156号	740t	1945. 3. 8	1947年 9月 4日	舞鶴	1947年12月11日解体終了
	160号	740t	1945. 8. 16	1947年 9月 8日	七尾	1948年 2月21日解体終了
	27号	745t	1944. 7. 20	1947年 8月14日	ｼﾝｶﾞﾎﾟｰﾙ	解体
	55号	745t	1944. 12. 20	1947年 7月16日	ｼﾝｶﾞﾎﾟｰﾙ	解体
	217号	745t	1945. 7. 17	1947年 9月 5日	長崎	1948年 2月10日解体終了
其他	輸 19	1500t	1945. 5. 16	1947年11月20日	浦賀	解体
	輸110	890t	1944. 9. 5	1947年10月17日	ｼﾝｶﾞﾎﾟｰﾙ	解体
	掃102	580t	1944. 9. 28	1947年11月20日	浦賀	1948年 3月31日解体完了
	駆 21	438t	1941. 8. 20	1947年10月17日	ｼﾝｶﾞﾎﾟｰﾙ	解体
	敷設艇					
	巨済	720t	1939. 12. 27	1947年11月20日	塩釜	1948年 3月31日解体完了
	黒神	405t	1917. 5. 1	1947年11月14日	舞鶴	解体
	鷲崎	405t	1921. 9 30	1947年11月24日	佐世保	解体
	敷設艦					
	若鷹	1600t	1941. 11. 30	1947年10月17日	ｼﾝｶﾞﾎﾟｰﾙ	ﾏﾚｰ 連邦海軍練習艦「ﾗﾌﾞﾅﾙﾑ 」として係留1956年解体
	掃海特務艇					
	11	215t	1943. 2. 24	1947年11月14日		解体
	16	215t	1943. 3. 31	1947年11月14日		解体
	駆逐艦　７ 海防艦　１６ その他　１０ 計　３３					

3：ソ連

	艦名	排水量	竣工日	引渡日	引渡場所	備考
駆逐艦	響	1680t	1933. 3. 31	1947年 7月 5日	ﾅﾎﾄｶ	「Vernyi」と改名1948年 7月 5日「Dekabrist 」に再改名 練習艦に移籍 1953年 2月20日 除籍
	春月	2701t	1944. 12. 28	1947年 8月28日	ﾅﾎﾄｶ	「Vnezapnyi 」と改名 1969年 6月 4日 除籍
	桐	1262t	1944. 8. 14	1947年 7月29日	ﾅﾎﾄｶ	「Vozrozhdenyi」と改名 1969年12月20日 除籍
	樫	1262t	1944. 9. 30	1947年 7月 5日	ﾅﾎﾄｶ	「Volevoi 」と改名 1959年 8月11日 除籍
	椎	1289t	1945. 3. 13	1947年 7月 5日	ﾅﾎﾄｶ	「Volnyi」と改名 1960年 8月 8日 除籍
	初桜	1289t	1945. 5. 28	1947年 7月29日	ﾅﾎﾄｶ	「Vetreny 」と改名 1947年10月 2日「Vyrazitelnyi」に再改名 1958年 2月19日 除籍
海防艦	占守	860t	1940. 6. 30	1947年 7月 5日	ﾅﾎﾄｶ	EK-31 と改名 1959年 5月16日 除籍
	神津	940t	1945. 2. 7	1947年 8月28日	ﾅﾎﾄｶ	EK-47 と改名 1969年 1月25日 除籍
	生野	940t	1945. 7. 17	1947年 7月29日	ﾅﾎﾄｶ	EK-41 と改名 1961年 6月 1日 除籍
	34号	740t	1944. 8. 25	1947年 7月 5日	ﾅﾎﾄｶ	EK-32 と改名 1958年 7月23日 除籍
	48号	740t	1945. 3. 13	1947年 8月28日	ﾅﾎﾄｶ	EK-42 と改名 1959年 6月 2日 除籍
	52号	740t	1944. 9. 25	1947年 7月29日	ﾅﾎﾄｶ	EK-36 と改名 1958年 3月11日 除籍
	76号	740t	1944. 12. 23	1947年 8月28日	ﾅﾎﾄｶ	EK-44 と改名 1955年 6月25日 中国に譲渡
	78号	740t	1946. 4. 4	1947年 7月29日	ﾅﾎﾄｶ	EK-37 と改名 1958年 3月11日 除籍
	102号	740t	1945. 1. 20	1947年 8月28日	ﾅﾎﾄｶ	EK-46 と改名 1969年 1月25日 除籍
	142号	740t	1946. 4. 7	1947年 7月29日	ﾅﾎﾄｶ	EK-38 と改名 1954年 2月11日 中国に譲渡
	196号	740t	1945. 3. 31	1947年 7月 5日	ﾅﾎﾄｶ	EK-33 と改名 1958年 3月11日 除籍
	71号	745t	1945. 3. 12	1947年 8月28日	ﾅﾎﾄｶ	EK-43 と改名 1964年 1月31日 除籍
	77号	745t	1945. 3. 31	1947年 8月28日	ﾅﾎﾄｶ	EK-45 と改名 1969年 1月21日 除籍
	79号	745t	1945. 5. 6	1947年 7月29日	ﾅﾎﾄｶ	EK-39 と改名 1960年 8月30日 除籍
	105号	745t	1946. 4. 15	1947年 7月 5日	ﾅﾎﾄｶ	EK-34 と改名 1960年12月 3日 除籍
	221号	745t	1945. 4. 2	1947年 7月29日	ﾅﾎﾄｶ	EK-40 と改名 1958年 3月11日 除籍
	227号	745t	1945. 6. 15	1947年 7月 5日	ﾅﾎﾄｶ	EK-35 と改名 1958年 3月11日 除籍
其他	輸 13	1500t	1944. 11. 1	1947年 8月28日	ﾅﾎﾄｶ	不明
	輸137	890t	1944. 8. 28	1947年10月 3日	ﾅﾎﾄｶ	「 Kenga」と改名 1959年 1月28日 除籍
	掃 23	648t	1943. 3. 31	1947年10月 3日	ﾅﾎﾄｶ	T-28 と改名 1986年 3月 7日 除籍
	駆 38	420t	1942. 12. 10	1947年10月 3日	ﾅﾎﾄｶ	不明
	水雷艇					
	雉	840t	1937. 7. 31	1947年10月 3日	ﾅﾎﾄｶ	「Vnimatelnyi 」と改名 1957年10月31日 除籍
	敷設艇					
	神島	720t	1945. 7. 30	1947年10月 3日	ﾅﾎﾄｶ	「Katum 」と改名 1955年 2月11日 中国に譲渡
	片島	405t	1917. 5. 19	1947年10月 3日	ﾅﾎﾄｶ	「Viliui」と改名 1956年11月 9日 除籍
	特務艦					
	早埼	920t	1942. 8. 31	1947年10月 3日	ﾅﾎﾄｶ	不明
	掃海特務艇					
	12	215t	1943. 8. 31	1947年10月 3日	ﾅﾎﾄｶ	不明
	17	215t	1943. 5. 28	1947年10月 3日	ﾅﾎﾄｶ	不明
	20	215t	1943. 7. 31	1947年10月 3日	ﾅﾎﾄｶ	不明
	駆逐艦	6				
	海防艦	１７				
	その他	１１				
	計	３４				

4:中国

	艦名	排水量	竣工月日	引渡日	引渡場所	備考	
駆逐艦	雪風	2000t	1940. 1. 20	1947年 7月 6日	上海	丹陽 Dan Yang と改名	1971年 除籍
	宵月	2701t	1945. 1. 31	1947年 8月29日	青島	汾陽 Fen Yang と改名	1963年 除籍
	波風	1215t	1922. 11. 11	1947年10月 3日	青島	瀋陽 Shen Yang と改名	1960年 除籍
	杉	1262t	1944. 8. 25	1947年 7月31日	上海	恵陽 Hui Yang と改名	1960年 除籍
	楓	1262t	1944. 10. 30	1947年 7月 6日	上海	衡陽 Heng Yang と改名	1960年 除籍
	蔦	1289t	1945. 2. 8	1947年 7月31日	上海	華陽 Hua Yang と改名	1950年 除籍
	初梅	1289t	1945. 6. 18	1947年 7月 6日	上海	信陽 Xin Yang と改名	1964年 除籍
海防艦	四阪	940t	1944. 12. 15	1947年 7月 6日	上海	恵安 Hui An と改名	大陸残留
	対馬	870t	1943. 7. 28	1947年 7月31日	上海	陵安 Ling An と改名(中国側資料)	1963年 除籍
	隠岐	870t	1943. 3. 28	1947年 8月29日	青島	公安 Gong An と改名(中国側資料)	大陸残留
	屋代	940t	1944. 5. 10	1947年 8月29日	青島	鎮安 Zhen An と改名(中国側資料)	1954年 除籍
	14 号	740t	1945. 3. 27	1947年 7月 6日	上海	済南 Ji Nan と改名	大陸残留
	40 号	740t	1944. 12. 22	1947年 8月29日	青島	成安 Chang An と改名	1963年 除籍
	104 号	740t	1945. 1. 31	1947年 8月29日	青島	台安 Tai An と改名	1960年 除籍
	118 号	740t	1944. 12. 27	1947年 7月31日	上海	長沙 Chang Sha と改名	大陸残留
	192 号	740t	1945. 2. 28	1947年 7月31日	上海	同安 Tong An と改名	大陸残留
	194 号	740t	1945. 3. 15	1947年 7月 6日	上海	威海 Wei Hai と改名	大陸残留
	198 号	740t	1945. 3. 31	1947年 7月31日	上海	興安 Xing An と改名	大陸残留
	67 号	745t	1944. 11. 12	1947年 7月 6日	上海	營口 Yin Kou と改名	1963年 除籍
	81 号	745t	1944. 12. 15	1947年 8月29日	青島	黄安 Huang An と改名	大陸残留
	85 号	745t	1945. 5. 31	1947年 7月31日	上海	吉安 Ji An と改名	大陸残留
	107 号	745t	1946. 5. 30	1947年 8月29日	青島	朝安 Chao An と改名	1963年 除籍
	205 号	745t	1944. 10. 30	1947年 7月31日	上海	長安 Chang An と改名	1960年 除籍
	215 号	745t	1944. 12. 30	1947年 7月 6日	上海	遼海 Liao Hai と改名	1960年 除籍
其他	輸 16	1500t	1944. 12. 31	1947年 8月29日	青島	武夷 Wu Yi と改名	1954年 除籍
	輸172	870t	1945. 3. 10	1947年 7月31日	上海	蘆山 Lu Shan と改名	1954年 除籍
	駆 9	290t	1939. 5. 9	1947年10月 3日	青島	閩江 Min Jiang と改名	1960年 除籍
	駆 49	420t	1944. 1. 31	1947年10月 3日	青島	珠江 Zhu Jiang と改名	1964年 除籍
	敷設艇						
	黒島	420t	1915. 4. 25	1947年10月 3日	青島	—	1960年 除籍
	済州	720t	1942. 4. 25	1947年10月 3日	青島	永靖 Yong Qing と改名	1964年 除籍
	特務艦						
	白嵩	920t	1942. 12. 31	1947年10月 3日	青島	武陵 Wu Ling と改名	1954年 除籍
	掃海特務艇						
	14	215t	1943. 5. 14	1947年10月 3日	青島	掃雷201 Sao Lei201と改名	大陸残留
	19	215t	1943. 6. 30	1947年10月 3日	青島	掃雷202 Sao Lei202と改名	1970年 除籍
	22	215t	1943. 10. 20	1947年10月 3日	青島	掃海203 Sao Lei203と改名	1970年 除籍
	駆逐艦 7						
	海防艦 17						
	その他 10						
	計 34						

排水量、竣工月日は日本側資料。

備考欄に大陸残留と記した艦は、共産軍に接収されたか、台湾に脱出できず沈没したもの。

接収艦艇一覧

項目		日本艦名	型名		竣工年月日	排水量	新艦名		新艦種	退役年度
第一陣	01	雪風	陽炎型	駆逐艦	1940. 1. 20	2,490t	丹陽	Dan Yang	駆逐艦	1971
	02	初梅	橘型	駆逐艦	1945. 6. 18	1,580t	信陽	Xin Yang	駆逐艦	1964
	03	楓	松型	駆逐艦	1944. 10. 30	1,530t	衡陽	Heng Yang	駆逐艦	1960
	04	四阪	御蔵型	海防艦	1944. 12. 15	1,020t	恵安	Hui An	護航艦	大陸残留
	05	第 14号海防艦	第二号型	海防艦	1945. 3. 27	940t	済南	Ji Nan	巡防艦	大陸残留
	06	第194号海防艦	第二号型	海防艦	1945. 3. 15	940t	威海	Wei Hai	巡防艦	大陸残留
	07	第 67号海防艦	第一号型	海防艦	1944. 11. 12	810t	營口	Yin Kou	巡防艦	1963
	08	第215号海防艦	第一号型	海防艦	1944. 12. 30	810t	遼海	Liao Hai	巡防艦	1960
第二陣	09	蔦	橘型	駆逐艦	1945. 2. 8	1,580t	華陽	Hua Yang	駆逐艦	1950
	10	杉	松型	駆逐艦	1944. 8. 25	1,530t	恵陽	Hui Yang	駆逐艦	1960
	11	対馬	択捉型	海防艦	1943. 7. 28	1,020t	陵安	Ling An	護航艦	1963
	12	第118号海防艦	第二号型	海防艦	1944. 12. 27	940t	長沙	Chang Sha	巡防艦	大陸残留
	13	第192号海防艦	第二号型	海防艦	1945. 2. 28	940t	同安	Tong An	巡防艦	大陸残留
	14	第198号海防艦	第二号型	海防艦	1945. 3. 31	940t	興安	Xing An	巡防艦	大陸残留
	15	第205号海防艦	第一号型	海防艦	1944. 10. 30	810t	長安	Chang An	巡防艦	1960
	16	第 85号海防艦	第一号型	海防艦	1945. 5. 31	810t	吉安	Ji An	巡防艦	大陸残留
	17	第172号輸送艦	第103号型	輸送艦	1945. 3. 10	1,020t	蘆山	Lu Shan	運輸艦	1954
第三陣	18	宵月	秋月型	駆逐艦	1945. 1. 31	3,485t	汾陽	Fen Yang	駆逐艦	1963
	19	隠岐	択捉型	海防艦	1943. 3. 28	1,020t	公安	Gong An	護航艦	大陸残留
	20	屋代	御蔵型	海防艦	1944. 5. 10	1,020t	鎮安	Zhen An	護航艦	1954
	21	第 40号海防艦	第二号型	海防艦	1944. 12. 22	940t	成安	Chang An	巡防艦	1963
	22	第104号海防艦	第二号型	海防艦	1945. 1. 31	940t	台安	Tai An	巡防艦	1960
	23	第 81号海防艦	第一号型	海防艦	1944. 12. 15	810t	黄安	Huang An	巡防艦	大陸残留
	24	第107号海防艦	第一号型	海防艦	1946. 5. 30	810t	朝安	Chao An	巡防艦	1963
	25	第 16号輸送艦	第一号型	輸送艦	1944. 12. 31	1,500t	武夷	Wu Yi	運輸艦	1954
第四陣	26	波風	野風型	駆逐艦	1922. 11. 11	1,650t	瀋陽	Shen Yang	駆逐艦	1960
	27	済州	測天型	敷設艇	1942. 4. 25	820t	永靖	Yong Qing	佈雷艦	1964
	28	白嵜	給糧艦		1942. 12. 31	950t	武陵	Wu Ling	補給艦	1954
	29	黒島	測天型敷設特務艇		1915. 4. 25	420t	—		掃雷艇	1960
	30	第 9号駆潜艇	第 4号型	駆潜艇	1939. 5. 9	309t	閩江	Min Jiang	駆潜艇	1960
	31	第49号駆潜艇	第13号型	駆潜艇	1944. 1. 31	442t	珠江	Zhu Jiang	駆潜艇	1964
	32	第14号掃海特務艇	第一号型掃海特務艇		1943. 5. 14	222t	掃雷201	Sao Lei201	掃雷艇	大陸残留
	33	第19号掃海特務艇	第一号型掃海特務艇		1943. 6. 30	222t	掃雷202	Sao Lei202	掃雷艇	1970
	34	第22号掃海特務艇	第一号型掃海特務艇		1943. 10. 20	222t	掃海203	Sao Lei203	掃雷艇	1970

項目欄の番号は中国側の接収番号。

竣工年月日は日本側資料、排水量は中国側資料による。

退役年度で大陸残留と記した艦は、共産軍に接収されたか、台湾に脱出できず沈没したもの。

著者略歴
米澤　健次
1944年生まれ
1967年慶応義塾大学経済学部卒業　同年　富士通㈱入社
北京駐在事務所所長
台湾大同富士通公司副董事長
富士通㈱国際営業本部渉外部長
関連会社役員を歴任

2001年中央廣播電台作品比賽受賞（台湾中央放送局作品コンクール受賞）
2008年中央廣播電台放送開始80周年記念作品受賞

著書
『中国残留孤児』創英社／三省堂書店
『中国に渡った日本の軍艦』世界の艦船
『中国貿易関連規程集　中華人民共和国の輸出入管理と関税規程集』創英社／三省堂書
『大長編小説の超読破術』マガジンハウス社　共著

八卦師

2010年7月27日　初版発行
著者
米澤　健次
発行／発売
創英社／三省堂書店
〒101-0051　東京都千代田区神田神保町1-1
Tel：03-3291-2295　Fax：03-3292-7687
印刷／製本
三省堂印刷

ISBN978-4-88142-500-8　C0093